作家文摘

25周年珍藏本

绝代芳华

《作家文摘》/编

作家出版社

目　录

佳人自鞚玉花骢

一曲微茫度此生

乱世姻缘多阻滞

宋庆龄为何不葬中山陵

·董怀明·

在南京中山陵园环绕中山陵的附葬诸墓中，廖仲恺与其夫人何香凝的合葬墓，面积不大，但风格卓异。

廖仲恺遇刺中弹身亡于1925年8月20日上午，他的夫人何香凝47年之后病逝于北京。依照她"生同寝，死同穴"的遗愿，灵柩运往南京与廖仲恺合葬。

廖仲恺夫妇都是最早的同盟会员，是中山先生最亲密的战友和助手。据记载，中山先生弥留之际，曾亲嘱何香凝："我死后，请善视孙夫人……"

何香凝逝世9年之后，宋庆龄病逝于北京。在逝世前半个月，她被授予了中华人民共和国国家名誉主席称号。有人猜测，她是否会与何香凝一样合葬中山陵？

出乎猜测者的预料，她的遗体火化的第二天，骨灰就用专机运往上海，安葬于万国公墓的宋氏墓园。

这么做完全是出于尊重她生前的嘱托、安排。

在她逝世前3个月，被她一直尊称为"李姐"、16岁就到了她身边帮助料理家务达53年之久的李燕娥因病逝世。宋庆龄嘱咐李的骨灰与她的骨灰要葬在一起。在她为此给私人秘书的书面指示中，"画了一个草图，标明李姐和她自己墓碑的位置应在她父母合葬墓的左右等距，都平放在地上"。

宋庆龄为什么没有提出与孙中山合葬或附葬于中山陵？廖承志在《我的吊唁》一文中解释说：她一生地位崇高，但她从未想过身后作什么特殊安排。台湾有些人说，她可能埋葬在南京紫金山中山陵，她想也不曾想过这些。中山陵的建造构思，她不曾参与过半句，也不愿中山陵因为她而稍作增添，更不想现在为此花费国家、人民的钱财。

宋庆龄传记的作者伊斯雷尔·爱泼斯坦补充说：她会认为，孙中山的历史业绩是他的功勋，她不应去分享……解放前，国民党中曾有人对她作为孙中山遗孀的地位妄加訾议（在1922年中山舰事件之前，虽然已结婚七八年，但国民党内仍有人故意称她为"宋小姐"，以示不承认她的"孙夫人"的身份。此后，这种无聊没有了，但所谓"名分"问题并没有一劳永逸地树静风息），她气愤地说，"他们可以说我不是孙夫人，但没人能够否认我是父母亲的女儿。"这也许可以作为另一个原因。她父母的墓地在"文革"中曾遭破坏，后经周总理下令修复。是不是因此而使她觉得她必须永远陪伴在她父母身边？她一生为公，但在她看来，死是私人的事情。

爱泼斯坦的三条补充措辞相当谨慎，分别用了"她会认为"、"这也许可以"、"是不是因此而使她觉得"等推测、揣摩传主心态的说法。廖承志的解释也没有引述宋庆龄的原话。

看来，个性娴静、内敛，思想却绝不封闭、肤浅的宋庆龄，给研究者们留下了一个不大不小的谜。

宋庆龄把她身后的安葬看成"私人的事情"，安排与她的父母及家人、与终身为她服务的"李姐"葬在一处，符合她的思想和性格的逻辑，是可以理解的。

不过从世俗的眼光看，将逝的生命渴望回归本原，渴望"落叶归根"，也是"圣人弗禁"的常理常情。宋庆龄怀着某种歉疚之情依恋双亲，尤其是她的母亲。已年过八十时，她在一封私人信函中回忆自己22岁时在上海不辞而别（据爱泼斯坦考证，她只是"偷偷地溜出了屋子"，不存在"阳台加梯子"那种场面的浪漫故事），投奔流亡日本的孙中山并举行婚礼：

> 我的父母看了我留下的告别信后，就乘下一班轮船赶到日本来，想劝我离开丈夫，跟他们回去。
> 我母亲哭着，正患肝病的父亲劝着，尽管我非常可怜我的父母——我也伤心地哭了——我拒绝离开我的丈夫。

1931年7月23日，宋庆龄母亲病逝于青岛，流寓柏林的宋庆龄立即启程回国。在火车上，当她听一位亲戚讲述她母亲患病及去世的经过时，十分悲痛，"几乎哭泣了整整一夜"……1949年，当国民党当权派出于一望即知的目的，竭力宣扬孙中山早已与之离婚的前夫人卢慕贞才是唯一的、真正的孙夫人时，传闻说宋庆龄表示："他们可以说我不是孙夫人，但没有人能够否认我是父母亲的女儿。"

爱泼斯坦分析说："这可能是最早透露出她的一种想法，这种想法使她在病危时提出要同她父母葬在一处的要求。"

对宋庆龄刺激最深的还是"文革"破四旧时，上海的红卫兵"砸烂"了她双亲在万国公墓的墓地，"推倒石碑，把墓中骸骨挖掘出来，实行'暴尸'"。

宋庆龄传记述："墓地遭破坏的照片从上海寄到北京时，宋庆龄身边的工作人员第一次看到她精神上支持不住而痛哭起来。廖梦醒把这些照片送给周恩来。周恩来下令上海市有关部门立即将宋墓修复，并在竣工后拍了照片寄给宋庆龄。但并没有全部照原样修复。原来的墓碑上列着所有六个子女的名字，而新墓碑上只有宋庆龄一人……'文化大革命'告终之后，又重新换了墓碑，完全复原。"

（《作家文摘》总第981期）

郭安娜：在又恨又爱中维护丈夫的声誉

郭安娜（1894—1994）是郭沫若的日籍夫人，两人从1916年相识相爱，婚后共同生活了20余年，其中大部分时间在日本，育有四男一女。1937年日本帝国主义开始了全面侵华战争，郭沫若毅然"别妇抛雏"回国参加抗战，安娜深明大义，支持丈夫的壮举。抗战胜利后，安娜携子女千里寻夫来到中国，在中国生活了40余年。她曾任第五、六届全国政协委员，但她从不张扬自己。她的一生有许多鲜为人知的故事，是一位让人敬佩的女性。本文作者从1958年开始，受组织委派，长期与安娜联系，关心她的生活，相互感情深厚。

我是1958年10月开始接受这一任务的，除"文革"期间一度中断外，直至1988年离休。而离休后联系照顾安娜老人的事也没有完全中断。如今我也是古稀之人了，但安娜老人一生的经历，她的性格以及她的音容笑貌，一直活跃在我的心中。有人在时代里称雄，却在时间里湮没；而有人在时代里沉默，却在时间里保存。也许因为安娜是一位"在时间里保存"的人，使得我与她在感情上难分难解。我认为安娜夫人是一位伟大的女性，我不想让她"湮没"，想为历史留下一点真实的记录。

安娜是一位可敬的老人，我一直习惯地称呼她妈妈。多年来，老人随季节变化，春夏去大连，秋冬来上海。

安娜平时除了看书读报外，喜欢出去走走，她居住的上海大厦邻近苏州河、黄浦江，她喜欢站在窗前向外眺望。她常感慨地说："我年轻时就跟随郭沫若来到上海，我住在这里感到温暖，很亲切。"

安娜对上海格外有感情，她知道上海是郭沫若年轻时待过的地方，曾是创造社及新文化运动的据点。她总是念念不忘地对我说："他们那时都关心国家的命运，是很艰难的。"还说："郭沫若早年患过中耳炎，听力不好，故他很专心，日夜关心祖国的命运。我支持他，他从日本回到中国，没有我帮助，是不可能回来的。"

她勤俭节约习以为常。她说："我现在穿的衣服都是用几十年前郭沫若穿过的旧衣服或大和服改制的。"她用的手提包也是亲手用布、拉链缝制而成。

她平时很爱读书看报，关心世界和国家大事。十年动乱中，我同安娜老人一直没有见过面。1978年12月我重返统战部后去看望她，一见面，我说："妈妈，你可好啊？"她稍停片刻即认出了我，她亲热地让我坐下，倒上一杯茶，便滔滔不绝地说起十年动乱中的情况。她用手写了"内乱"两个字，然后说："毛泽东是伟人，是好人，他是人，不是佛，他有缺点，他晚年犯了错误，被人利用了。"

我与安娜老人接触多了，谈话内容也越来越广泛，从拉家常忆往事，到述说与郭沫若相处的艰难岁月，几乎到了无话不谈的程度。

安娜告诉我，刚到大连那段时间，她竟感到自己是被遗弃的异国妇女，精神上的痛苦可想而知。

1958年，郭沫若曾去大连探望其长子郭和夫，可是未与安娜见面。她得知后很生气。那年10月，她从大连来上海，在船上有人问她："丈夫呢？"她回答说："丈夫死掉了。"她曾表示要写信给沈钧儒控告郭沫若。可实际上她始终没有做出格的事。她认为"郭沫若已成为中国政府要人，不能影响他的威信，不能给中国政府带来不良影响。"那段时间，安娜的情绪是矛盾的，她忘不掉与郭沫若在香港见面的情景。有一次安娜对我说："在香港与郭沫若谈到经济问题时，我说：'你的钱，我要，国家的钱，我不要。'郭沫若却说：'什么国家的钱，我的钱，都是我的钱！'我被吓得一句话也没有敢讲，你们中国人思想可以这样吗？我不明白。"看来她是误解了郭沫若的意思，这种误解一直没有消除。安娜在沪期间，我们每月给她送生活费，她总说："我觉得自己对中国人民无贡献，我的生活总是靠国家，我感到不安。"当我们说明"这是北京来的，是郭沫若给的"时，她才收下。她轻声说"因为这是夫妻关系"。

　　1969年"五一"节前，她自己拍电报至北京，要求见郭沫若，要求看望刚从"牛棚"中放出来的幼子志鸿。郭沫若的秘书王廷芳同志安排安娜来京，住在和平宾馆。郭沫若亲自去宾馆看她。这是安娜在特殊年代的特殊情况下，与郭沫若的一次特殊相见。

　　这次见面时她提出：在中日关系允许时，她希望回趟日本。郭沫若回答："没有问题，只要两国关系允许，一定设法让你回日本探亲。"谈话进行了一个多小时。郭老因有外事活动起身告辞，安娜一直把他送到大门外，上车前两人又紧紧地握手。她站在那里，一直等到汽车看不见时才回室内。

　　根据王廷芳同志的回忆材料，安娜从日本回来后急于想见郭沫若，并于1975年夏由女儿郭淑瑀陪同到达北京。安娜到京第二天，即到郭沫若病房探望。郭老吃力地从沙发上站起来相迎，安娜快步向前将郭老扶回沙发，握着郭老的手说："你变了，变得慈祥了，你是会进天堂的。"两人谈了半个多小时，因不愿多打扰病人，安娜便主动站起来告辞。郭老坚持把她送到病房大门口才和她握手告别。返回途中，安娜忽然想起忘记给郭老看在市川原住处拍摄的许多照片，于是又返回医院，将照片逐张给郭老看，郭老看得十分认真，两人都回到了那段难忘的日子。这是他俩最后一次见面。

安娜是一位饱受人间苦难而又十分坚强和重感情的人，她和郭沫若共同生活二十余年，尽管后来对郭沫若有这样那样的不满和怨恨，但内心深处的情感是难以消除的，这是我与安娜老人接触中留下的深刻印象。

1983 年，安娜老人当选为第六届全国政协委员，她原打算去北京参加全国政协会议，可是经过再三考虑，最后决定不参加会议。她让次子郭博一句一句翻译说："我希望不要把我抬得太高，我身价高了会影响我丈夫的声誉。我要是去参加会议，人们看到我，就会议论他，我不希望贬低他，不希望把我们的问题表面化。"这些都是原话，是多么地深明大义啊！

1978 年 6 月 12 日郭沫若同志逝世，当时她在大连，得知消息后，特地穿上一身黑色衣服，身披黑纱以示哀悼。她没有参加追悼会，但孩子们都去了，她的心也去了，她忘不掉昔日与郭沫若在一起的生活，默默地为他祈祷。安娜虽早已同郭沫若分居，但往日相濡以沫的夫妻之情，仍在温暖着她的心。当年郭沫若在日本时给她的第一封信中就说："我在医院大门口见到你的时候，我立刻产生了就好像看到圣母玛丽亚那样的心情。"

（《作家文摘》总第 1180 期）

乱世红颜

·王 鹤·

一

冒辟疆（1611—1693）一生著述丰厚，但最脍炙人口的，还是仅万言的悼亡之作《影梅庵忆语》。此书写于董小宛去世的顺治八年（1651），后世模仿者甚多。

冒辟疆、董小宛的故事，后人常艳羡的，是才子佳人的珠联璧合。只有冒辟疆本人，对这段情缘的曲折艰险，对自己曾经的优柔薄幸，有入木三分的描画。

董小宛于明王朝覆亡前两年的1642年嫁入冒家。此前冒辟疆一再推诿、拒斥，她则一味哀求。今人看到董小宛那么一根筋地、低眉俯首向冒辟疆求婚，有时会觉得非常不忍。经历了在冒家跌宕起伏的九年时光后，董小宛用她的谦恭柔顺、谨慎周详，赢得冒辟疆真心敬爱。他说，他与董小宛之间，始终"不缘狎昵"，董小宛不仅是侍妾，更是知音，而知音是无法俯视的。

二

董、冒的遇合颇多阴差阳错。

1639年初夏，冒辟疆到南京准备应考8月的乡试。他的好友方以智向他盛赞董小宛："年甚绮，才色为一时之冠。"冒辟疆立即登门拜访，孰料董小宛举家迁往苏州了。下第之后，冒辟疆浪游苏州，屡次过访董小宛，后者恰好逗留洞庭未返。临还乡前，他决定再去试试运气，董小宛的母亲热情迎候他，说，有劳先生多次来访，小女今天幸好在家，就是薄醉未醒。她很快将女儿扶出。冒辟疆一见，既惊且爱：董小宛香姿玉色，神韵天然。他怜其困倦，遂告别。那年，他28岁，董小宛15岁。

次年夏，冒辟疆欲再访董小宛，却听苏州来人说，她游览西湖、黄山去了，未能见面。

1641年早春，冒辟疆去湖南迎接母亲，路过苏州半塘，问讯董小宛，她却仍在黄山。1642年春，冒辟疆与朋友乘舟夜游，桥边有一精雅小楼，一问，居然是董小宛家！"余三年积念，不禁狂喜"，立即停舟上岸。朋友说，董小宛重病在身，加之母亲去世，已闭门谢客。冒辟疆不顾朋友阻拦，叩门许久，终得入内，上楼见到病体支离的董小宛，自报家门：我就是三年前与酒后的你相见之人。董小宛想起往昔，流泪道：虽然只见过一面，但妈妈一直向我夸赞先生俊秀出众，惋惜我未能与先生交往。冒辟疆见她病重，欲告辞，董小宛屡次挽留。

翌日晨，冒辟疆原想直接回乡，经朋友劝说，去告别董小宛。没想到，董小宛早已凭楼凝望，一见他靠岸，就疾步登舟，说要送送他。这一送，就送了 27 天。他每天严辞拒绝，她却立誓相随。

董小宛因母亡、身病、父亲多有嗜好，在苏州欠债不少，加之落籍（官伎经官府同意，脱离"伎籍"）也颇费商量。诸多不顺，还有诸多代价，令冒辟疆了无心绪。如果不是柳如是的丈夫、曾任礼部尚书的钱谦益出面，董小宛仍难遂心愿。钱谦益三天之内，就将债务尽皆了结，并让自己的门生为董小宛落籍。这段姻缘才有了皆大欢喜的结局。

三

今天的读者，看到冒辟疆对待董小宛的淡薄冷傲和自矜自赏，大都不甚了然。这里面，有双方身份地位的悬殊，有士大夫文人和世家子弟的傲慢自恋，以及现实的、棘手的麻烦。

此外，冒辟疆对董小宛欠缺热度，也自有他的缘由——陈圆圆。

这是最令冒辟疆一见倾心且无法淡忘的女子。他觉得"妇人以姿致为主，色次之……慧心纨质，澹秀天然，生平所觏，则独有圆圆尔"。许多年后，提起陈圆圆被掠，他仍遗恨不已。

1641 年早春，冒辟疆初见陈圆圆。那晚，她将一曲弋阳腔的《红梅记》，唱得"如云出岫，如珠在盘，令人欲仙欲死"。一下场，冒辟疆就迫不及待牵着她的衣袖，相约再见。她邀他次日赏梅光福山，并逗留半月。他忙着去湖南接母亲，不敢滞留。她承诺，等他八月归来，正是桂花繁盛时，自己在苏州的桂花林里等待他。

冒辟疆到衡阳时，父亲以吏部侍郎之衔被调往襄阳，监督左良玉大军。他八月中旬迎奉母亲到杭州时，父亲已到任上。襄阳被张献忠、李自成两军夹击，危如累卵，他心急如焚。

此时周皇后之父周奎、田贵妃之父田宏遇、大太监曹化淳等正在江南采买佳丽，听说陈圆圆被其劫掠，他十分痛惜。朋友说，被劫的是假陈圆圆，并带他找到她藏身之处。她留他欣赏明月桂影，且有所商。他不放心母亲，返回船上。次日晨，她淡妆来访，求见冒母，又急切邀请他去她家。这晚，冒辟疆又会陈圆圆。她说：这次虎口脱险，想找人托付终身，觉得先生是再好不过的人选。今天见了老夫人，也是如覆春云，如饮甘露……

冒辟疆久阅风月场，想嫁给他的女子大约不少。陈圆圆突然要嫁，他态度陡变。看来，发乎情、止乎理智，是他一贯风格。他道：父亲陷于兵火，我首先要抛妻别子援救父亲。两次来看你，皆因路途阻塞，无聊中闲逛到此。你的话令我意外，只能坚决推辞，以免耽误你。陈圆圆赶紧退一步：只要你不抛弃我，我立誓一直等你。冒辟疆说，既如此，我可以和你订约。她喜不自禁。

冒辟疆此后四处奔走，多方请托，耗尽心力，父亲终于被调出危城，改任宝庆抚治道（刚离开襄阳两个月，农民军就破城）。他赶赴苏州践陈圆圆之约，不料，她十天前已被抢走。其间，苏州有个宠爱她的人曾聚众数千夺回她，最后，皇亲国戚动用官府力量掠走她。这是1642年春天。陈圆圆到北京后，辗转成为吴三桂宠妾。

冒辟疆在痛失陈圆圆的怅惘中，也自我安慰：为解救患难中的父亲而辜负一女子，并无遗憾。

冒辟疆邂逅的这两个乱世红颜，都有奇瑰曲折的传奇。有人假设，如果冒辟疆提前半月接走陈圆圆，明清异代的历史会不会改写？

江南名姬原本是承平年间的点缀。随着明王朝风雨飘摇，陈圆圆和董小宛等如惊弓之鸟、朝不保夕，这是她俩都急不可待向冒辟疆托付终身的一个原因。

纵然急迫寻求归宿，董、陈也并非饥不择食。

冒辟疆是风度俊逸、吐属蕴藉的美男子，著名的"复社四公子"之一，诗文名动江南。复社是明末江南士大夫发起的主张改良政治以图谋挽救明王朝的政治文社集团，以清议对朝廷产生影响。四公子均有出众的个人魅力、组织才华、经济实力和家世渊源。冒辟疆在复社与阉党余孽针锋相对，在家乡的慈善赈灾中倾尽心血财力；最为不易的是：入清后，许多文人被迫与新朝合作，他则冒险以种种托词拒不出仕，以遗民身份终老一生，并参与秘密抗清。

现在我们差不多原宥了冒辟疆对董小宛曾经有过的轻慢，他终于懂得了她的珍稀，并用文字铭刻下来。

（《作家文摘》总第 1180 期）

宋美龄早年书信里的情感往事

· 宋时娟 ·

最近，笔者正在整理珍藏于美国韦尔斯利学院档案馆的一批宋美龄早年书信，其中透露了宋美龄早年的情感往事。这批书信是宋美龄写给她的美国大学同学埃玛·德隆·米尔斯的。米尔斯小姐，比宋美龄大4岁，是宋美龄终生密友，宋美龄在书信中亲切地称之为"达达"，自称"女儿"。

回国途中遇见了"我的命运"

1917年6月，宋美龄从美国韦尔斯利学院毕业后，带着对美国的无限依恋和哥哥宋子文一同自纽约启程回国。就在回国的轮船上，宋美龄遇到了令她"神魂颠倒"的 Mr.Van Eivigh。此人是一名建筑师，父亲是荷兰人，母亲是法国人。在船上相处的十多天里，两人互相吸引。19岁正是渴望爱情的年龄，当 Van Eivigh 提出要宋美龄嫁给他的时候，少女的心动了。

宋美龄的父亲宋耀如虽是留美回国的传教士，母亲倪珪贞却是土生土长的中国传统女性，她坚决阻挠宋美龄和 Van Eivigh 见面。1917 年 8 月 16 日，宋美龄在给密友米尔斯的信中说："我很乐于待在家里，也不想结婚，特别是因为我告诉过你在船上遇见了'我的命运'。既然我不能和我真正在乎的人结婚，我也不会和其他任何人结婚，除非是为了名声和金钱。"

家人的态度终究发挥了作用，直至次年春天依然拒绝让 Van Eivigh 来上海和宋美龄见面。不出半年，这段甚至没有开始的恋情就不了了之了。为此，宋美龄和家人闹得很僵，甚至还伤心难过了好一阵子。

渐行渐远的 HK 君

回国后没几天，早已相识的异性朋友 HK 和杨先生从北京来拜访宋美龄。尤其是 HK 君，断断续续对宋美龄展开了长达两年的追求。综合宋美龄后来多封书信中的信息，可以推测出，两人在美读书时可能有过约定，宋美龄也喜欢过对方，但回国后宋美龄对之若即若离。

关于 HK 的身份，宋美龄在 1918 年 1 月 13 日的一封信中才透露出来：他的父亲是上海兵工厂总办。上海兵工厂的前身就是赫赫有名的江南制造局，是近代中国最大的现代化兵工企业。

HK 看望宋美龄后很快返回北京，8 月初又从北京回到上海。之后，HK 常常去拜访宋美龄，但宋美龄却毫不在意，反而感觉他很不成熟。当时朋友们都在谣传，宋美龄和此君订婚了，而 HK 并不予以否认，这引起宋美龄的不快。

1918 年 1 月，宋美龄的姨夫牛尚周因病去世。牛尚周生前担任上海兵工厂的秘书，HK 向宋美龄表示他将到上海来接替这一职位，而宋美龄的姨妈对任何接替她去世丈夫职位的人都怀有敌意。兵工厂秘书的职位，带有半政治性，是很有前途的一份工作。急于取得这个职位的 HK，此时此刻更想要宋美龄嫁给他。HK 在给宋美龄写信的同时，也同样多地给宋子文、宋霭龄和孔祥熙写信，宋家人对此觉得很好笑。加之父母亲不想让宋美龄在未来两年内结婚，而姐夫孔祥熙也认为宋美龄还小，不能考虑婚事。鉴于上面的种种原因，宋美龄致信米尔斯，说自己已不想再见到 HK。不过此时宋美龄对婚姻的看法也很矛盾：如果不结婚，她害怕漫长的未来独自一个人生活；如果结婚，又害怕养育孩子的责任，要是再嫁了个没有多少资源的男人，岂不是更加难过？可是如果为了财富和地位而结婚，万一男人破财了怎么办？毕业回国的 6 个月里，宋美龄逐渐认识到金钱的价值，但也认识到了自尊的价值，没有钱她不会结婚，但她永远也不会为了钱而结婚。自此以后，宋美龄的书信中没再出现过这位让她头疼的 HK。

在理想与现实之间徘徊

在拒绝 HK 的同时，1918 年有两位男士先后走入宋美龄的视野，其中一位留过美，但早已结婚。爱上已婚男士，并非她的初衷，只是遇上了就由不得自己了。1918 年 4 月，宋美龄一边忙于照顾重病的父亲、料理家务，一边为喜欢这位已婚男士却不能嫁他而痛苦。面对无望的爱情，宋美龄觉得"真是糟透了"。但痛苦归痛苦，宋美龄还是非常理性地了结了这件事情，她最终选择了放弃。一年之后，宋美龄反思这件事，认为自己爱上一个不能结婚的人是十足的愚蠢。

此时，一位年长她15岁的优秀男士向宋美龄求婚。宋美龄明确告知对方她不爱他，而且永远都不会爱他，但出于喜欢可以考虑是否要嫁给他。在宋美龄眼中，这位优秀男士是个绅士，善良、体贴、文雅，具有很强的执行力，并且很富有。更让她心动的是，如果嫁给这个人，能和他一起管理数以百计的工人，可以在员工教育和社会进步方面做些伟大的事情。

1918年5月初，宋美龄深爱的父亲宋耀如患肾病去世，全家人一度沉浸在无限的悲痛之中。在此期间，宋美龄对婚姻有了很多理性的思考，比如她认为女人是一定要结婚的，但她却依然在理性与情感、理想和现实之间徘徊。

自此至1921年，宋美龄给米尔斯写信的频率没有头两年高，信中很少谈及感情问题。只有1921年5月25日的一封信是个例外，她在信中向好友描述了一位赴美出差的Birnie先生。

那是宋美龄去广州拜访宋庆龄和孙中山3个月后，经香港启程前一天晚上认识的朋友。次日，两人乘船同赴上海。抵达上海的那天正好是Brinie的生日，那天下午宋美龄和他一起度过，过得非常开心，她很高兴一生中能有如此冲动的一次。不用说，家人知道后非常愤怒，因为Brinie又是一位外国人。"我的家庭是如此保守，且得意于保持了家族的纯洁血统，所以他们宁可看到我死也不愿让我嫁给一个外国人。正常而论，我也会这样想。"说到这件事情的同时，宋美龄还告诉米尔斯，她正在认真考虑接受另外一个男人，就是她最近要订婚的那个人。"我喜欢他，他是最优秀的青年之一，有优越的家庭，高尚的道德和良好的教育等等。但我还在权衡这个问题。"这是宋美龄早年书信中提到情感问题的最后一封信件。

后来的结局众所周知。1927年，宋美龄与有妻有妾、军人出身的政治明星蒋介石结为夫妻。

（《作家文摘》总第 1637 期）

梅兰芳孟小冬分手始末

·李伶伶·

戴孝风波

1930年8月初，梅兰芳返北平途中经过天津时，接到噩耗，他的伯母（即梅雨田之妻）去世了。因为他肩挑两房，伯母也就是他的挑母。得到消息后，他马不停蹄，立即赶回家。随后，梅家办丧事。正是这次的丧事，引发了孟小冬戴孝风波。可以说，这是他俩分手原因之一。

自称跟梅兰芳交情深厚的吴性栽（笔名槛外人）这样回忆道：

当时梅跟孟小冬恋爱上了，许多人都认为非常理想，但梅太太福芝芳不同意，跟梅共事的朋友们亦不同意。后来梅的祖老太太去世，孟小冬要回来戴孝，结果办不到，小冬觉得非常丢脸，从此不愿再见梅。有一天夜里，正下大雨，梅赶到小冬家，小冬竟不肯开门，梅在雨中站立了一夜，才怅然离去。所以梅孟二人断绝来往，主动在孟。

这段回忆中，有一个错误，那就是并非"梅的祖老太太（祖母）去世"。关于戴孝风波，吴性栽只说了一句："孟小冬要回来戴孝，结果办不到。"据说，当时的情况是，梨园艺人们纷纷前往梅家吊唁，每个人都身着孝服，进了灵堂，烧了香，磕了头。可是，当孟小冬头插小白花，神情哀伤地来到梅家大门口时，却被人拦了下来。

这个时候，孟小冬自认身份和其他人不一样，她是梅兰芳的妻（她不可能承认她是妾），死者是梅兰芳的祧母，而她孟小冬就应该是祧母的媳妇，媳妇给婆婆戴孝不是理所当然的嘛。然而，正是因为她的身份，才不能像其他梨园艺人那样进梅家吊唁。

尽管孟小冬自以为她嫁梅兰芳，有媒人，有婚礼，有证婚人，也拜了天地，算得上是明媒正娶，但在很多人看来，特别是在福芝芳的眼里，他们的这个所谓婚姻，从来没有被承认过——否则，他们为什么躲躲藏藏了那么长时间，而不敢将关系公开？孟小冬所期望的"两头大"，更没有被肯定过。福芝芳又如何能让她以梅兰芳妻的身份为祧母戴孝呢？

一向心高气傲的孟小冬被堵在梅家大门口，又引来不少人的围观，自觉面子大失。又急又气的孟小冬不是暂且忍辱负重委曲求全，而是厉言要求面见梅兰芳。令她万万没有想到的是，梅兰芳没有站在她一边为她据理力争。他性情温和，从来不做撕破脸皮的事儿，更主张息事宁人。

梅兰芳好言相劝，让孟小冬离开。他的本意可能是为了不让福孟双方针锋相对，这应该是当时处理事端的最佳方式。但是，在孟小冬看来，梅兰芳不帮她说话，也让她难堪。这使她备受打击。她突然发现，她最心爱的男人，其实也没有把她当回事。她开始怀疑，她在他的心目中，究竟是怎样的身份，妻？妾？她也终于有所醒悟，此时的她，别说是梅兰芳身边最亲密的人，甚至连一般人都不如，他们都能进门参加吊唁，唯独她不能。

绝望！孟小冬满脑子都盘绕着"绝望"两个字。她走了，不单单是离开了梅家，而是走出了北平，一下子到了天津。她在天津的一个姓詹的朋友家住了下来。詹夫人是个佛教徒，每天烧香念佛。孟小冬想起了她小时候曾经常常跟母亲进庙烧香拜佛，现在，只有青烟香烛能够平复她心烦气躁的阴郁心情了。于是，她投入佛的世界，以寻求心灵慰藉。

至于吴性栽所说，后来"梅兰芳在雨中站立了一夜"，倒更像是小说家言。就梅兰芳当时的年龄、身份和地位，他会那么做吗？

两个月后，天津闻人朱作舟主办辽宁水灾赈灾义演，邀请了包括梅兰芳、杨小楼等在内的京城名伶。还在天津的孟小冬得闻梅兰芳将来津，并无欣喜之情。有好事者有意撮合他俩，拟让两人再次合作，孟小冬冷冰冰地拒绝了。因为是赈灾义演，孟小冬不好回绝，但只同意和尚小云合作。梅兰芳唯有无可奈何。

不久，孟小冬之母也到天津，再三劝和，两人似乎又重归于好，孟小冬随梅兰芳返回了北平。但是，他俩之间的裂隙早已难以弥合。重归于好，只是假象，半年多之后，两人终于正式分手。

分手启事

有史料说，1931年，在孟小冬聘请的郑毓秀律师和上海闻人杜月笙的调停下，梅兰芳付给孟小冬4万块钱作为赡养费。也有人说，梅兰芳给孟小冬钱，是他访美后回到北京时，得知孟小冬在天津欠了债，于是给了她几万块钱。不管怎么说，给钱是事实。孟小冬收了钱，却似乎并不领情。

在两人分手两年之后，即1933年，孟小冬竟在天津《大公报》头版，连登3天"紧要启事"，似乎因为不堪忍受别人针对她的"蜚语流传，诽谤横生"，为使社会"明了真相"，而略陈身世，并警告"故意毁坏本人名誉、妄造是非、淆惑视听"的人，不要以为她是一个"孤弱女子"好欺负，她不会放弃诉之法律的"人权"云云。

本来孟小冬的这一公开声明，应是针对那些败坏她名誉的人的，可大概那些人在她看来，是站在梅兰芳一边的，因此迁怒于梅兰芳，将他视作冤头债主。《启事》中，也就有点儿出言不逊了：

> ……经人介绍，与梅兰芳结婚。冬当时年岁幼稚，世故不熟，一切皆听介绍人主持。名定兼祧，尽人皆知。乃兰芳含糊其事，于祧母去世之日，不能实践前言，致名分顿失保障。虽经友人劝导，本人辩论，兰芳概置不理，足见毫无情义可言。冬自叹身世苦恼，复遭打击，遂毅然与兰芳脱离家庭关系。是我负人，抑人负我，世间自有公论，不待冬之赘言。

从这段话中，可以清晰地看出，梅、孟分手，乃孟小冬自认为梅兰芳"负"了她。也就是说，她当初同意嫁给梅兰芳，是因为梅兰芳答应给她名分，但是后来，梅兰芳"不能实践其言"。也看得出来，她是有些怨恨梅兰芳的。

那么，梅兰芳该不该给她名分呢？究竟是不是梅兰芳出尔反尔呢？不论其他，单从法律上说，无论梅兰芳内心愿望如何，他都不可能给孟小冬名分。

民国时，法律虽然并不禁止纳妾，但反对重婚，推行的是"一夫一妻"制。也就是说，在婚姻存续阶段，一个男人只能纳妾，而不能另外娶妻，否则构成重婚。王明华去世后，福芝芳扶了正，成为梅兰芳法律上的妻子。在这种情况下，梅兰芳又娶孟小冬，孟小冬的身份从法津上说，只能是妾，而不可能是妻。

梅兰芳是一位爱惜羽毛的人，也一直努力做一个有情有义的人，如今却被人公开骂作"毫无情义可言"，应是如何恼火。他完全可以从维护自己的名声出发，撰文加以驳斥，可是他却没有那样做。由此即便不能足见他对孟小冬的情义，也足见他的涵养与宽容了。

孟小冬在《启事》里，加重语气说到那桩劫案（1927年9月4日，李某藉词接近梅兰芳身边，将梅的友人张汉举开枪打死）：

> 数年前，九条胡同有李某，威迫兰芳，致生剧变。有人以为冬与李某颇有关系，当日举动，疑系因冬而发……冬与李某素未谋面，且与兰芳未结婚前，从未与任何人交际往来……冬秉承父训，重视人格，耿耿此怀，惟天可鉴。今忽以李事涉及冬身，实堪痛恨！

她说她"与李某素未谋面"，但有人言之凿凿地说，他们不但谋过面，而且李某还曾数次出入孟府。也许李某是单恋孟小冬，孟小冬对李某并无其他想法。但是，为解脱自己与"血案"的关系而杜撰"素未谋面"，显然不合适。

　　孟小冬只知自己怒不可遏，却不顾甚至不知梅兰芳也同样在为那桩劫案承受社会的巨大压力。她是如此任性与烈性，也使人略窥两人不得长久的部分原因了。

（《作家文摘》总第 1637 期）

孙多慈尘影往事

· 王炳毅 ·

孙多慈，又名韵君，出身于皖东寿县的书香名门。父亲孙传瑗在东南五省联军总司令孙传芳麾下任过秘书，官儿虽小，却因曾与这位大帅叙过族谱而留下麻烦。1927年北伐胜利后，南京国民政府成立。孙传瑗遭通缉，被当局关在南京老虎桥监狱里服刑。家中变故令孙多慈痛苦而忧郁，师长徐悲鸿的关切却令她感受到温暖。师生间恋情纯洁而热烈，虽受到周围人们不少非议，但他俩并未后退。

王映霞为孙多慈与许绍棣做媒

1937年底，郁达夫的美貌妻子王映霞携几个孩子逃难到浙江丽水，因丈夫的关系而认识了省主席黄绍竑、财政厅长程远帆、教育厅长许绍棣等人。许绍棣特别友好，常对王映霞多方关照，引来人们的风言风语，绯闻不少。但王映霞未多理睬，我行我素。她对许绍棣的印象尚好，否则也就不会给许和孙多慈做媒人了。

许绍棣在1928年后担任过数年的国民党浙江省党部执行委员兼

宣传部长，成为国民党一方政要。他曾因行文通缉鲁迅而被视为与进步文化人士为敌的反动分子，而在全面抗战初的丽水，王映霞似乎更注意到许绍棣的儒雅谦和、热心助人与很有家庭责任心这一面，交往较多，以致这段情谊成了几年后她与郁达夫离异的导火索。

1938年元旦，郁达夫接妻儿们去武汉。西行途次，王映霞与浙江省政府秘书李立民的五个女儿同行，李家大女儿李家应告诉王映霞，她有个同学好友名叫孙多慈，接着谈了她所知道的孙多慈与师长徐悲鸿的恋情，断言他们绝不可能结合为夫妇，因为徐是有妇之夫。蒋碧薇曾留法，亦是经历过大世面的知识女性，她断不会以牺牲自己作为代价成全孙多慈。李家应几次托王映霞为孙多慈找个对象。王映霞这才想起她住丽水时曾多次见到的风姿优雅、气质不俗的"相门闺秀"，首先就想到为她与许绍棣做媒，遂不顾丈夫郁达夫（他是鲁迅的战友，一向厌恶许绍棣）的反对，张罗起来。

必须要说的是，孙多慈对父亲的这位上司也有些好感（其时孙传瑗就在浙江省教育厅当书记员），欲寻找到乱世中的依靠，否则她完全可以婉拒王映霞的做媒。她同意与许绍棣先通通信，增进了解，也认可了许结过一次婚（妻子病逝），有三个女儿的事实。孙多慈已二十五岁了，当时已算待字闺中的老姑娘了。她不能不作现实的考虑。

战乱年代的爱恨情怨

1938年3月里，孙多慈与父母逃难到湖南长沙。孙传瑗并不清楚比他夫妇俩先期抵达长沙的爱女已与许绍棣建立了通信关系，在处朋友。只是他在丽水时，隐隐感觉到勤于公务的许厅长似乎对他这个小小书记员特别客气，处处关照，还安排孙传瑗夫妇住到建有防空洞的丽水中学校舍，以防日益增多的空袭。孙传瑗思女心切提出欲辞去公职去长沙。许绍棣立即批准，除命财政处支付三个月薪水外，又大笔一挥特批一笔补助金，是大洋80元，令省教育厅官吏们无不咂嘴称奇，因为许绍棣平日自奉廉俭，对办公经费控制甚紧，能省则省，政声尚可。许绍棣还安排总务处两名精干的干部护送孙传瑗夫妇至湘南的株洲才分手，令孙传瑗感激万分……

而孙多慈的心仍牵挂着分离已大半年的徐悲鸿，她几经思想斗争，背着父亲给在重庆中央大学的徐悲鸿写了封长信，称何去何从，尚在举棋不定，很苦恼。而徐悲鸿那时与妻子蒋碧薇的感情已接近破裂，夫妇俩由常争吵而进入冷战，同乡前辈吴敬恒和朋友张目寒（美术家，安徽人，时任中央立法委员）等人都已懒得介入调解了。蒋碧薇先在复旦大学代课教授法文，后又去国立编译馆工作。她喜交际，在陪都上层官太太中有些人缘。她们都同情蒋碧薇的处境，指责徐悲鸿移情别恋。其实蒋碧薇与旧日相好张道藩的关系已日益密切。

徐悲鸿提笔给孙多慈写了封信，好言安慰，表示过些日子，他一定设法去长沙见面，当时国民政府各部委、中央军委会各厅处尚在武汉领导全国军民从事救亡图存的抗战事业，而一些与作战无关的机关已陆续西迁重庆了。徐悲鸿说是应军委会政治部第三厅厅长郭沫若及负责人田汉之邀要到三厅从事宣传工作，于是他名正言顺地于1938年4月初沿江东下到达充满同仇敌忾气氛的武汉，见了熟人、故交郭沫若等人，而后便转往长沙。

战乱中与温柔多情又贤淑的孙多慈在异地相逢，自然是倍感亲切。在岳麓书院外古山亭上，孙多慈说了王映霞为她与许绍棣做媒一事，并说她已与许在通信，她坦承自己并非喜欢这个男人，下一步怎么办，连她自己也不知道，徐悲鸿心境黯然，一时也不知说些什么才好。他还是提醒孙多慈："这个人我当年在上海见过，人并不很讨嫌、有些文人风度，在北伐战争中还立过功。不过，他因在民国十七年行文通缉过鲁迅而为世人所诟病。你没读过鲁迅、曹聚仁、郭沫若等人批判他的杂文与时评吗？"

孙多慈苦笑着摇摇头说："你是知道的，我对政治斗争一向很不感兴趣。吴敬恒那个党国元老，你的无锡老乡，搞反共可比许绍棣厉害得多啦，他是'四一二'事变的主要策划者，敝同乡陈延年（中共早期领导人陈独秀的长子）正是被他告密而在沪上被捕送了命的，而你们夫妻俩一直与他过从甚密。在南京时，你们常邀他来家吃饭。你在鼓楼傅厚岗购地建别墅手头太紧，吴敬恒不也捐助二百银洋？我在丽水时倒是发现许绍棣热心于抗战事业，为办战时流亡中小学而不遗余力地奔走，从不讲究个人物质享受，浙省主席黄绍竑就几次公开表彰他。他对客居丽水的进步文化人士也给了不少关照，可见人是复杂的，不可因一事而论之，以偏概全。"

孙多慈话中含有为许绍棣辩护的意思，徐悲鸿一时也无话可说。过了几天，徐悲鸿一路把孙多慈和她的父母护送到广西桂林，拜托他的友人、时任省府总务处长的孙仁霖为他们在城内中山路上找了一家干净的旅馆安顿下来。当时，孙多慈表示愿意再等一年，待徐悲鸿与蒋碧薇协议离婚后，即与他同结连理。至于许绍棣那边她可以随时写信回绝的。

在桂林期间，孙传瑗终于不想再对女儿和徐悲鸿的"师生恋"保持沉默。他是恪守旧礼教传统观念的人，于是严格限制女儿的行动，不让她再出去。徐悲鸿在五月初只得怏怏离开桂林返回重庆沙坪坝……孙多慈在桂林病了一场。思前瞻后，她不得不狠下心来，中止与徐悲鸿的书信联系，带着无奈的心情与许绍棣恢复交往。两年后，孙多慈与许绍棣结婚，生了两个男孩，长大后都到美国留学，攻读数理学科，卓有成就。

孙多慈与蒋碧薇在南京的邂逅

1945年抗战胜利后，南京光复，同时期蒋碧薇在重庆与徐悲鸿协议离婚，而徐在离异后不久，就与湘籍女学生廖静文结合，伉俪情深。

1946年春，南京春雨绵绵，新绿渐浓，孙多慈旧地重游，独自徘徊于鼓楼傅厚岗的坡路上和四牌楼中大校园内外，心情惆怅而痛楚。据她遗留下的日记披露，她心中挚爱的人从来只有徐悲鸿一个。她从杭州来到南京这伤心动情之地，总渴望能与心上人再见上一面，但她明白这已不可能，据报载：徐悲鸿来南京小住月余后即去北平接办国立美专，再说他已获得了幸福……孙多慈行至湖南路中央党部附近时，却看见了蒋碧薇，不由后退几步隐身街树后。蒋碧薇衣着华贵，神态闲适，她是从一辆小汽车上下来的，车主显然正是张道藩，他未下车，驱车开进中央党部大院。他与蒋碧薇早就半公开同居，倒也情投意合。

蒋碧薇并没看见自己的旧日情敌，但孙多慈的心仍一阵颤抖，有些畏怯。十余年前在南京，蒋碧薇曾几次当众羞辱她，令她穷于招架，如今一切都成为往事了，她感到自己与蒋碧薇都很不幸……

孙多慈于1949年随丈夫许绍棣去台湾，成了知名画家。徐悲鸿于1953年9月辞世于北京中央美院院长任上，远在海外的孙多慈惊闻噩耗痛不欲生，为挚爱之人守孝两年，此事广为流传。20世纪50年代中期以后，孙多慈常客居美国，住长子许尔羊家。她在心灵上与许绍棣更加疏离，但仍维持夫妇关系。而许绍棣也无奈地默认了妻子心灵的叛离，但仍真心地爱着她。1975年孙多慈去世后，许将亡妻的作品一直珍藏着，有的如《玄武湖春晓》等一直挂在四壁上。1980年许绍棣去世后，与孙多慈的骨灰合葬于台湾阳明山。

（《作家文摘》总第983期）

沈峻与丁聪的一世情

·陈 碧·

两封情书

关于夫妻相处之道，漫画家丁聪有句著名的冷幽默，被改编成各种段子——"如果发现太太有错，那一定是我的错；如果不是我的错，也一定是我害太太犯的错；如果我还坚持她有错，那就更是我的错；如果太太真错了，那尊重她的错我才不会犯错。总之，太太绝对不会错——这话肯定没错。"

2009 年 5 月 26 日下午，311 医院里，沈峻（1927—2014）往小丁的一边衣兜里放上餐巾纸，另一边放上了牙签，这是小丁出门前必备的小物件。末了，她在他的衣服里揣上了高莽所绘的《返老还童图》，并附上一封情书。

　　小丁老头：

　　我推了你一辈子，也算尽到我的职责了。现在我已不能再往前推你了，只能靠你自己了，希望你一路走好。我给你带上两个孙子给你画的画和一支毛笔、几张纸，我想你会喜欢的。另外，还给你准备了一袋花生，几块巧克力和咖啡，供你路上慢慢享用。巧克力和咖啡都是真糖的，现在你已不必顾虑什么糖尿病了，放开胆子吃吧。

这朵小花是我献给你的。有首流行歌曲叫《月亮代表我的心》，这朵小花则代表我的魂。你不会寂寞的，那边已有很多好朋友在等着你呢；我也不会寂寞的，因为这里也有很多你的好朋友和热爱你的读者在陪伴着我。

再说，我们也会很快见面的，请一定等着我。

永远永远惦记着你的"凶"老伴沈峻

2009年5月26日

他们似乎不曾经历着生离死别的永诀，透过这封满含温情与期待的信，他们像是预定了下一场的约会。

时隔5年，2014年12月11日，沈峻去世。去世前半年，在丁聪去世的周年纪念日，她自拟"墓志铭"，依然是一封情书：

这里住着一对被他们朋友们一致认为非常恩爱、令人羡慕的夫妻（丁聪和沈峻）。其实他们从未恩过也未爱过，只是平平淡淡地度过了坎坷的一生，就像白开水一样，一点味道也没有，但却充满了人体不可缺少的恩爱元素。这也许应了一句话：平平淡淡才是真。不论是逆境还是顺境，他们都用纯真来对待一切，无亏于己，无亏于人。

如果你们一定要问，如何才能做到恩爱夫妻白头到老？让我告诉你们，诀窍是：不要企图改变对方，让对方做他喜欢做的事，包容宽大。每天向对方微笑几次，摸摸他的脸，揉揉他的手，或说一些貌似批评实为表扬的话。如有矛盾则用幽默来化解，千万不可大声对抗。如此而已，是不是很简单！

悍妻沈峻生前书

2014 年 5 月 26 日

小丁老头又要说那一段"爱妻原则"：太太绝对不会错！对的，他们又见面了。

"家长"管制下的幸福生活

丁聪在工作上是一把好手，但生活上却是低能儿。沈峻比他小十几岁，在家扮慈母的角色。婚后，丁聪尊称夫人为"家长"。丁聪叫得太顺口了，以致后来，朋友们见了沈峻也直呼其"家长"，沈峻则一脸严肃地对大家说："我不是什么家长，我是小丁同志的高级保姆。"丁聪和朋友们听了都哈哈大笑。有记者来访，沈峻必先要问清采访主要内容，连到丁家路线，她也会细心地指导如何坐车。等到了丁家，"家长"热情地引路，斟茶，把一切安排妥当后，便悄然地忙她的家务去。

婚后第二年，丁聪就被打成了"右派"，沈峻难产，生下儿子的第二天，丁聪便被发配到北大荒劳动改造。在"反右"与"文革"期间，他与聂绀弩等创办了《北大荒文艺》。1979 年，范用与冯亦代请他去《读书》，从此开启了《读书》的时代。《读书》的"老人"，如黄苗子、郁风、邵燕祥、李辉、杨宪益、沈昌文，他们成了像一家人似的好友。

有一次，一位朋友和丁聪夫妇吃饭，夸沈峻有治国之才，丁聪苦着脸可怜兮兮地说："一个能治理国家的人，现在只看管我一个人，你们想想看，我过的什么日子？"沈峻瞪了一眼丁聪，丁聪吐吐舌头不敢再往下说了。话是这么说，但丁聪一刻也离不了沈峻，有记者找丁聪要简历和作品，他摆摆手，让记者和自己一同等夫人回来。夫人一进门，他急忙求救，沈峻马上找了出来。

沈峻外出几天，丁聪就开始想念夫人做的菜了，逢人就讲："她做的饭菜，可是任何山珍海味都比不上的。倒不是说有多好吃，只是习惯了，才十分地想。"沈峻也从中总结出一套"夫妻相处经"，说："要想丈夫听话，首先要抓住他的胃。"

后来丁聪患上了急性胰腺炎，沈峻严格限制他的饮食，每天只给他吃清粥小菜，丁聪叫苦不迭，但沈峻不为所动，想吃肉的丁聪每天只能画块牛排解解馋。退休后，丁聪白天画画，晚上都看电视。朋友们问道："你们家谁掌控遥控器？"丁聪摇晃脑袋说："当然是'家长'。""家长"慢条斯理地说："虽然遥控器在我手里，但节目都是他爱看的。"丁聪喜欢警匪片、侦探片，他戏称为"儿童趣味"。朋友们啧啧羡慕丁聪在"家长"管制下的幸福生活。

劳碌命与热心肠

不了解内情的人，都因丁先生尊她家长，以为真个是"气管炎"。其实，朋友圈里都知道，他们伉俪间，受照顾的永远是丁先生，而沈峻却是"劳碌命"。开门七件事，柴米油盐酱醋茶，样样都是她打点。小丁的画具、纸张，画作的收集、整理、复印、邮寄，著作的编辑出版，画展的筹备联络，也样样是她在操持。

"嘴巴不饶人，心善似菩萨"是丁聪对沈峻的评价。"家长"不但管住丁聪，连他的朋友们，也成了她的"管理对象"。黄苗子夫妇住在澳洲，家里有什么事，只要一封信，巨细事一一拜托，甚至是家中"灭蟑螂"的事；杨宪益不但自家的事请沈峻帮忙，连妹妹家买沙发，也推荐找沈峻……

丁聪先生去世时，她独自料理了丁先生的后事。不留骨灰，不举行追悼会或告别仪式。2013年沈峻发现自己肺部出现问题，但她"当伊呒介事"（沪语：当它没这回事），依旧到全国各地率性游览。直到生命最后的几个月，她在医院出出进进，都是独自一人，直至无法自理才住进医院。

沈峻一生，只言青山不言愁。她其实是欢少苦多的一生，但正如"墓志"所言，她做到了"不论是逆境还是顺境，都用纯真来对待一切，无亏于己，无亏于人"。斯人已去，他们的好友陈四益先生撰悼文：

此去经年，春风杨柳，秋叶梧桐，若到枫泾，丁先生的塑像旁，当有沈峻墓志铭碑相伴。在他们灵前，不要眼泪，不要悲伤，能一起聆听一段音乐，拉一曲京胡就是对他们最好的纪念。

愿他们相爱到永远……

（《作家文摘》总第 1979 期）

与名媛邓懿的恋爱

·周一良·

燕京大学国文专修科虽然有不少女生，但我当时没有什么社交。辅仁大学历史系则根本没有女学生。1932年转回燕京，全系的女生也很少。到1933年春，学生会组织去泰山旅游，才开始与邓懿相识。其实我对她早有所知，她毕业于天津南开女中，原名邓婉娥。当时，燕京大学与南开中学之间有所谓保送制度，凡中学品学兼优的学生可以不经入学考试，直接升入大学。她各门功课都很好，尤其喜欢文学，颇受知于南开高中著名国文教员关健南、孟志荪两先生，作文常受表扬，贴在墙上"示众"。她非常喜欢京剧，特别是程砚秋的戏，很欣赏他的低回婉转的唱腔。她自己也喜欢唱，但嗓音嘹亮，与梅兰芳相近。南开女中学生曾在"九一八"以后排演过爱国话剧《反正》，邓背向观众，念长篇台词，声音响亮，台下听得入神，寂然无声。她在入燕京后改名邓懿。

30年代，天津有一家名叫《北洋画报》的刊物，是赵四小姐的姐夫冯武越所办，雅俗共赏，颇受欢迎。该刊每期的刊头都是一位女士的玉照，或两位女士的合影，其中有电影明星，如胡蝶、阮玲玉等或者就是当地的大家闺秀。邓懿的照片就经常上《北洋画报》。

我是从外校转来的二年级学生，按规定必须补修一年级的中国通史，由邓之诚先生讲授。当时邓懿是国文系一年级学生，也在这个班上。1933年春到泰山旅行时，邓懿为我在虹桥飞瀑拍照。照片洗出后，我送给邓懿一张，背后附题记"廿二年春游泰山邓懿同学为我拍因赠一良"。后来我的钱包和大衣被土匪抢走，当时认识的天津同学只有邓懿，于是就向她借了五块钱。回天津以后，上她家里去还钱，才逐渐对她的家世有所了解。她的父亲邓镕，四川成都人，出身贫寒，清末留学日本学法律，回国后做了律师，同时也靠吃瓦片（做房东）有所收益。他还是一位诗人，著有《荃察余斋诗文存》。我和邓懿的家庭背景和文化教养都比较接近，谈起来有很多共同感兴趣的话题，比如我们都喜欢听顾随先生的课，都喜欢看京剧，都喜欢听刘宝全的大鼓书，等等。

邓懿是上过《北洋画报》的"名媛"，所以入学后颇为引人注目。据说她刚入燕京时，就有一位同班同学追求她。那人西装革履，对她百般奉迎、千依百顺，反而引起她的反感，断然拒绝与他交往。而我呢，一身蓝布大褂，像个老学究，不穿西服——事实上，我家里也从未给我做过西服。我每学期从家里带200块钱到学校来，除交学杂费和伙食费以外，所剩无几，没有多余的钱做衣服。直到我有稿费收入以后，才做西服穿。另外，在我与邓懿的交往中，决不唯命是从、唯唯诺诺，倒是经常与她发生争论。或许就是因为这两个原因吧，邓懿对我似乎较有好感。

就这样，一来二去，我对邓懿逐渐由最初的好感产生了爱，但她心里是怎么想的，我不知道。有一天晚上，我陪她从图书馆回到女生宿舍二院门口，就在即将分手时，我毅然用动作明确表达了我的爱情，我的这种冲动对她来说大概有些意外，又似乎是在意料之中。当时邓懿对我表示，由于她父亲过早去世，母亲又体弱多病，弟弟、妹妹还年幼，她必须主持家务，不能结婚。我的回答是，这一点也不成问题，对于她的母亲，我会负责到底的。事实证明，我实践了当时对她许下的诺言。

恋人之间不管如何相爱，总不免会有一些摩擦和误会。有一天晚上，我和邓懿在二院女生宿舍门口，因为有什么事情存在误会，没有能够澄清，已经到了关门的时间，只好分手了。我那时忽然想起黄仲则的两句诗："如此星辰非昨夜，为谁风露立中宵。"于是就想试一试"风露立中宵"的滋味，在二院关门熄灯以后，仍在门口独自徘徊不去。后来校卫队来巡逻，觉得我可疑，经过一番盘问以后，就把我带回男生宿舍去了。

在燕京同学们的眼里，我和邓懿这一对恋人大概是很让人羡慕的。有一次，学生会在礼堂演京戏，其中有一出《群英会》，由政治系同学蔡国英扮演周瑜，经济系同学李公原扮演蒋干，当蒋干被周瑜逼得只好点头连声说"兵精粮足、兵精粮足"时，李公原的表情令人叫绝，不由得哄堂大笑。我和邓懿坐在前排，事后我的好友俞大纲给我写信，提到此事，说"足下'供奉内廷'，在前排'璧合仙姿'，令人艳羡"云云，这就是我们当时留给同学们的印象吧。

1935年夏，我从燕京毕业。那个暑假我没有回家，留在学校，和邓懿两人花前月下，尽情享受恋爱的甜蜜。1935年秋，我入燕京大学历史系的研究院，主要目的就是再待一年，等她毕业之后再一起离开燕京。就在这一年冬天，我们在正昌饭店宴请师友，宣布订婚。

（《作家文摘》总第 1978 期）

胡适与陆小曼

·史飞翔·

胡适很早就认识陆小曼。有一种传闻，说最初是胡适看上了陆小曼，但由于无法跟妻子江冬秀离婚，这才将陆小曼让给了徐志摩。这种说法大概属于戏说，但胡适与陆小曼的关系的确有些不一般，这却是事实。

1925年，陆小曼给胡适写过两封英文信，很能说明问题。第一封写于6月初，内容如下："我最亲亲的朋友：这几天我很担心你。你真的不再来了吗？我希望不是，因为我知道我是不会依你的。我只希望你很快地来看我。别太认真，人生苦短，及时行乐吧。你为什么不写信给我呢？我还在等着呢！而且你也没有给我电话。我今天不出去了，也许会接到你的电话。明天再给你写信。媚娘。"

第二封信写于6月下旬："我最亲亲的朋友：我终于还是破戒写信给你了！已经整整五天没有见到你了，两天没有音信了……哦，我现在多么希望能到你的身边，读些神话奇谭让你笑，让你大笑，忘掉这个邪恶的世界。你觉得如果我去看你的时候，她刚好在家会有问题吗？请让我知道！我不敢用中文写，因为我想用英文会比较安全……你永远的玫瑰媚娘又：请不可取笑我的破英文，我可是匆匆写的哦。"

胡适曾说："陆小曼是北京城一道不可不看的风景。"而胡适呢，又是风度翩翩的"大众情人"。这样的郎才女貌要说是发生点什么关系，似乎也是情理之中。

1931年11月19日，对于陆小曼来说，是一个让她心痛的"黑色的日子"。这一天她的夫君徐志摩乘坐的飞机在济南党家庄附近坠毁。外界都说是陆小曼害死了徐志摩。理由是陆小曼吸食鸦片，挥霍无度，徐志摩就是为急忙搭飞机赶到北京开课挣钱而出事的。徐志摩出事后，胡适第一时间赶来，帮着陆小曼处理后事。

《胡适遗稿及秘藏书信》里收有陆小曼给胡适的六封信，均为徐志摩去世（1931年）后所写。里面有这样的句子：

"想我平行待人忠厚，为人虽不能说毫无过失，但从来不敢做害人之事，几年来心神之痛苦也只是默然忍受，盼的是下半世可以过一些清闲的岁月，谁知竟打我这一个猛烈的霹雳，夫复何言？先生，我想不到会有这种事临到我的头上来的，我，我还说什么？上帝好像只给我知道世上有痛苦，从没有给我一些乐趣，可怜我十年来所受的刺激未免太残酷了。这一下我可真成了半死的人了。若能真叫我离开这可怕的世界，倒是菩萨的慈悲，可是回头看看我的白发老娘，还是没有勇气跟着志摩飞去云外。看起来我的罪尚未了清，我只得为着他再摇一摇头与世奋斗一下，现在只有死是件最容易的事了，我还是往满是荆棘的道去走吧。"

"我同你两年来未曾有机会谈话，我这两年的环境可以说坏到极点，不知者或许说我的不是，我当初本想让你永久地不明了，我还有时恨你虽爱我而不能原谅我的苦衷，与外人一样的来责罚我，可是我现在不能再让你误会我下去了，等你来了可否让我细细地表一表？因为我以后在最寂寞的岁月愿有一二人，能稍微给我些精神上的安慰。"

看到日渐憔悴的陆小曼，胡适心中充满了同情，一度也想给她一些帮助。然而，让人意想不到的是，徐志摩遇难不久，陆小曼出人意料地被翁瑞午包养了。翁瑞午本是世家子弟，父亲历任桂林知府，以画鸣世，家有收藏，鼎彝书画，累箧盈橱。他时时以名画相赠，以博陆小曼欢心。另外，翁瑞午还有一身推拿绝技，常为陆小曼推拿，手到病除。又常教陆小曼吸食大烟，试之疾立愈。于是陆小曼就常和翁瑞午一榻横陈，隔灯并枕。尤让人气愤的是，陆小曼还和翁瑞午签订"不平等"条约：不许他抛弃发妻，不正式结婚。此举引起徐志摩生前一帮朋友的强烈不满。志摩已故，但不能让他在地下难堪。于是他们一起出面，公推胡适与陆小曼长谈一次。

当时，陆小曼与翁瑞午住在上海四明村徐志摩生前租下的房子里。胡适在那里坐了半天，最后才说："翁瑞午有妻有子，又是个花花公子，你何苦这样呢？"陆小曼说："只要他对我好，我不在乎名分，反正这么多年，我也没有名分。和志摩在一起，我有名分吗？他们徐家的婚丧嫁娶，我一概不能参加，你说我有什么名分？现在和翁瑞午在一起，不也还是这样？我陆小曼就是这个命。"

胡适看到陆小曼从嘴里喷出一股股烟，无不痛心地说："那你就打算这辈子这样，和翁瑞午在大烟榻上过完此生？"陆小曼说："那你大博士给我指一条路？我是个女人，我要吃饭。"胡适说："只要你离开翁瑞午，与他断绝关系，你的一切我包了。"陆小曼没有说话，只是摇摇头，笑着说："我的事，你包不了，你没法包。"胡适说："你才29岁，你的一切才刚刚开始。"陆小曼根本不听胡适这些话。最后，胡适只得怅然离去。

半个月后，胡适在南京又给陆小曼写了一封信。信中提出三点："1.希望你戒除嗜好。2.远离翁瑞午。3.速来南京，由我安排你新的生活。"

陆小曼根本不理，连信也不回。她继续与翁瑞午过着在大烟榻上吞云吐雾的日子。胡适见此，也只好任她去。1965年4月3日，陆小曼病逝于上海华东医院，终年63岁。一代佳人，终归尘土。

（《作家文摘》总第1717期）

我与范长江的颠簸往事

·沈谱口述　王玲采访整理·

重庆新婚

当我和长江的友情有所上升，将进入初恋的时候，我理智地考虑着今后一生能否永远携手前进的问题了。

最主要的原因是，我是中共党员，长江是不是我不知道。但我们对人生奋斗目标的默契，又是那么的协调。那个时代，我们很多朋友都是，虽同在重庆工作，但都不知道对方是否是党员。

因为，在白色恐怖下，党组织都是单线联系的。我自然先征求单线领导我的邓颖超大姐的意见。她表示"可以放心"，但仍嘱我对他亦不要暴露自己的身份。

事实上长江也是共产党员。1939年5月，在重庆国民党戴笠特务机关严密监视下的曾家岩50号"周公馆"内，范长江向周恩来同志提出了加入中国共产党的申请。由周恩来同志介绍，经延安党中央批准，长江秘密地加入了中国共产党，并指定与恩来同志单线联系。自然，长江和我结婚也征得了周恩来的同意，但也没有告诉他，我也是共产党员，只是告诉我们，可以发展。

我的父亲沈钧儒，是救国会领导人、七君子之一。长江是救国会会员，经常向我父亲请教，因此认识的我。我父亲对长江的为人及才华是很满意的。

1940年12月10日，我和长江喜结良缘。

九龙重逢

婚后一周，长江说，国际新闻社将在桂林召开年会，他拟前去主持会议。我觉得这理所当然。虽然新婚未满月，虽然已快年底，但是，将来在一起的日子长着呢，在不在家过年实在无所谓。

叮是，这时皖南事变发生了。1941年1月一个深夜，李克农同志冒雨走告长江：得悉蒋介石已密令通缉长江，为此令他立即转移去香港接受新的任务。长江遂改名换姓，在李济深的支持下由桂直接飞港。抵港后，马上筹办《华商报》，开展海外的抗日救国宣传活动。

这时重庆的政治环境已日益恶劣，我自己也受到了特务的"青睐"，每逢外出，屡有"尾随"。党组织遂决定我亦秘密离渝去港，父亲的意见亦然。然而我感到左右为难，在如此恶劣的政治环境下，我因离开老父独自他去而不放心。父亲发怒了，甚至说："这样不像是我的女儿。"于是我服从组织的安排，是年的2月中旬，怀着矛盾、复杂的心情离别慈父，改名换姓飞到了长江的身边。

我初到港时，长江住在香港半山腰的一座楼里，不久迁到九龙。虽然，香港的环境复杂，也常有斗争，长江和朋友们往往要在茶楼酒馆以"饮茶""宴食"为名，甚至以"耍牌"为掩护聚会商谈。但总的说，这时期我们的家庭生活过得还是比较安稳的。不料不到一年，太平洋战争爆发了。

香港失联

12月8日清早，由九龙机场传来的隆隆飞机声和阵阵轰炸声把我们从睡梦中惊醒。我们分析可能战事已经开始，强烈的事业心、责任感驱使长江即刻到岗位上去。长江临行时告我，他到报社后，会派人来接我过海，并嘱我马上收拾一下最必需的用品，其他一切身外之物均可丢弃。

华商报采访主任陆浮同志把韬奋全家接过海去之后，当晚就来接我。我抵港的头几天，就在香港大酒店底层过夜。这段时间，长江实在顾不上我。

有一天，我上街买菜，偶然碰见国际新闻社同人唐海，真是喜出望外！交谈中得知长江也正为找不到我而着急，甚至想登报找寻了！唐海知道如何与长江联络，他愿意带我去找他。次晨唐海带我步行出发，通过两边敌人的岗哨，到了一个小咖啡店（事后知道这是地下党的一个联络点）。唐海让我坐在一格旁边有人的座位上，告我饮茶后就随座旁的人一起走。这时，我突然望见另一格茶座内有长江在。他头顶呢帽，穿了一身广东式的短衫裤。我俩相互都见到了，心里不知有多么欣喜兴奋。但不能露出声色，更不能互打招呼。

桂林再别

不几天，长江告诉我，陆浮搞到了去澳门的船票，其中有我们的两张。1942年1月10日，我们登上舢板，偷渡后，漂过大海直放澳门。同行还有梁漱溟、陈此生、陆浮等。

到了澳门我们再搭乘船，到桂林后，发现过去与我们有联系的人都不在了。我们原盼望交通员带我们去解放区，可是不久重庆来了指示，说蒋介石对长江又下了第二次通缉令，要他立即离桂到新四军去，可以先到武汉附近找李先念部队，如找不到再设法去苏北找陈毅。当时蒋介石已派中宣部副部长刘伯闵到桂林抓人。长江已发现有人盯梢。我们两人同走是不行了，我决定留下打掩护，他一个人先出走。我们又一次"分手"了！

盱眙厮守

他走后，我们住的房间纹丝不动，看不出他已离去的痕迹。过了几天，房东来问我，怎么不见长江这人，上哪儿去了？我回答说他到阳朔看山水去了。我遇到任何人哪怕最好的朋友也是这么说。于是人们议论开了说我被长江"遗弃"了！但是，我仍被盯梢。

8月下旬我干脆回到重庆父亲身边。不久，得到长江已安抵苏北的消息，组织上决定我也到那儿去。我就化名张珊姑，经过六个省，绕了一大圈，经半年到达上海大哥的家。由孟秋江来接组织关系，当时敌人在进行扫荡，新四军军部不断地移动，我又病了，只好在上海先治病休息。直到半年后，经镇江等地，终于到了自己的家苏北新四军根据地盱眙县，在大王庄与长江再度会聚。从此，我们结束了走马灯式的生活。

（《作家文摘》总第1723期）

上官云珠的几段婚姻

·沈 寂·

上官是复姓。中国电影界用此复姓的据我所知，只有上官云珠。她生于1922年，是当代著名电影女明星。

与教授姚克的婚姻

20世纪40年代初，我在上海复旦大学攻读西洋文学，系主任顾仲彝是剧作家，他曾邀请上海著名话剧编导黄佐临、费穆、姚克等几位大师来讲座，黄佐临讲易卜生、费穆谈莎士比亚、姚克谈肖伯纳。最吸引人而且口才最好的是费穆和姚克，令我们这些初涉戏剧艺术的学生钦佩不已。美国黑人作家休斯和英国作家肖伯纳来华，都由姚克担任翻译，人称他为"洋状元"。他曾获洛克菲勒奖学基金会的赞助，入美国耶鲁大学专攻戏剧。1940年回国，任教圣约翰大学。鲁迅逝世，姚克是扶柩人之一。我与同学慎仪曾怀着敬仰的学子之心，前去拜谒。

姚克住在一幢高贵的公寓里，家具陈设不失英国绅士肃穆的气派，书橱内洋装书排列整齐，客厅也是书房，处处呈现西方学者高贵身份。姚克先生谦和却又矜持。交谈中有一位年轻妇女，身穿黑色旗袍，用盘子送上热咖啡，我们忙欠身道谢，只瞥见一个美丽面庞，来不及也不敢正面直视，她就转身离开。熟悉当时剧艺界的慎仪告诉我：送咖啡的是姚克太太，也就是话剧演员上官云珠。

演员顾也鲁曾告诉我：1939年，他到何士照相馆取照片，照相馆的女职员姓韦（即后来的上官云珠），用苏州话与顾也鲁攀谈，竟然提出自己想拍电影。顾也鲁一笑了之。第二年，新华影片公司筹拍十部民间故事片，顾也鲁主演《王老虎抢亲》，女主角未定，上官云珠前去应征，可惜落选。她一气之下，加入华光戏剧学校，参加话剧团，曾在姚克编剧的《清宫怨》中饰演珍妃，顾也鲁饰演光绪。

上官又在改编自美国电影（改编者姚克，未用真名）的《魂断蓝桥》中演女主角，可是成绩平平，给观众印象不深，却引发了编剧姚克爱恋之情，于是结为伉俪。

就在我们拜访姚克见到上官云珠不久，却传来两人离异的消息，令人诧异，在人们心中也始终迷惑。姚克后来曾坦言：上官酷爱戏剧，然追名逐利的虚荣心，诱使她投身易获名利的电影圈。她先进入新华影业公司演员训练班学习，创办人以实习为名，要滑稽演员韩兰根带队到各地去演出一些低级的话剧。当时姚克已享誉文坛，又是著名教授学者，岂可有声名不佳的夫人，因此离异。

结识重庆话剧皇帝蓝马

上官与姚克分手前已怀孕，分娩后，将女儿姚姚托家乡人抚养，自己又考入可立即拍电影的艺华公司。第一部影片是《玫瑰飘香》（1941年），导演高逸民、吴文超。内容是写五个少女的故事，主要演员有李丽华、张翠英、杨柳等。上官饰演小妹妹，虽有戏，在李丽华大明星的盛名气势笼罩下，黯然失色；接着又在《黑衣盗》《国色天香》《泪洒相思地》等影片演出。这些电影乏善可陈，也无影响。不过上官云珠总算能进入她想往已久的电影圈。

太平洋战争爆发，上海电影由张善琨接管，创办伪"华影"。留居上海的影人为了生计，也不甘心退出影坛，让位给汉奸文化，坚持拍摄反映社会现实的影片。导演费穆、柯灵、周贻白、刘琼等从事话剧，上官云珠因华影轮不到她上戏，便随刘琼参加"新艺""同茂"等话剧团，曾与卫禹平、冯喆、黄宗英、孙道临同台，演出《京华春梦》《风雪夜归人》等话剧。李丽华、陈云裳、周璇等继续拍片，在所有影片中不见上官的身影，这一时期的上官在银幕上只是一片空白。

抗战胜利后，国民党政府主办的中电二厂在上海拍片，选中徐昌霖编剧的《天堂春梦》。徐昌霖决定请在内地相熟的汤晓丹导演，物色演员时选中自内地来沪被称为重庆话剧皇帝的蓝马。这时蓝马推荐了上官。《天堂春梦》里蓝马饰演忘恩负义、贪图钱财的奸商，上官饰演泼辣无耻的奸商妻子，真是非常匹配。蓝马非但选中影片里的角色，也看中上官本人。她完成《天堂春梦》获得好评，文华影片公司张爱玲编剧、桑弧导演的《太太万岁》请上官云珠饰演姨太太。戏不多，既是名家名作，桑弧又是喜剧圣手，还可以与石挥、张伐、蒋天流、韩非等合演，这几位都是40年代话剧界著名演员，是自己崇拜而仰慕的话剧明星。自己虽演小角色，也因此抬高身价。她在影片中卖弄风骚，眉目妖娆，与石挥配戏更令人叫绝。接着，又在蓝马的推荐下，上官参加蔡楚生导演的《一江春水向东流》，主角有白杨、舒绣文、陶金、吴茵等，上官又饰演妖艳的反派角色。

与蓝马分离

上官云珠一连三部影片走红影坛，电影圈内和观众们都一致公认和称赞她是善演反派角色的女明星，人们的称赞却刺痛上官的心。她记起姚克，当时就因为她在舞台和银幕上以演妖娆的反派女人而反感，以致夫妻离异，她必须自尊自重，争取演正派角色。接着1947年，东方影业公司请程步高编导抨击汉奸的《乱世风光》，由刚从重庆来的蓝马、上官云珠演正派角色。在解放前拍摄、解放后完成的《乌鸦与麻雀》中，她又出色地饰演一位贤妻良母。她非但在银幕上转变形象，电影圈内外也改变了对她的印象。可是，上官在影片里表现苦难夫妻相敬相爱和追求家庭幸福的中国妇女，谁知在实际生活中，她和蓝马因性格的差异竟失去家庭幸福和夫妻恩爱。蓝马散漫成性，他将上官苦心营造的幸福家庭视作"包饭作"和"旅馆"，说来就来说走就走，很少与上官同进同出，共同生活。上官的美梦破碎了，她的希望成为泡影。分离后的上官，很少外出，独自一人呆坐。这时，解放军的炮声已在上海郊区轰响，人们都在等待解放，希望能早日摆脱苦难日子，对未来充满希望。

解放后婚姻路依然坎坷

上海解放后，影人们庆祝新生，上官几度婚姻失败，也希望重建新家庭。她与话剧演员程某结婚，还生下一个男孩，程某任电影院经理，收入多，夫妻和谐，家庭美满。不料1951年上海掀起"三反""五反"运动，程某受牵连。幸福家庭遭到不幸，上官又过起了孤独凄楚的日子，还带着两个孩子，加上一顶贪污分子家属的可耻帽子。

解放后，上官云珠曾在私营的文华影片公司1950年出品、桑弧导演的《太平春》里饰演主角，故事写解放前某镇恶霸欺压良家妇女，演员有石挥、沈扬、程之等。可是在文艺整风中被批评为宣传小资产阶级情调，石挥和上官等演员也自我检讨，必须思想改造才能塑造工农兵形象，否则不能再上银幕。

就在上官云珠沉浸在既不能演戏，又无家庭欢乐的苦闷和沉悒日子里，一道突然出现的亮光直射到她身上。自香港被驱逐回来的白沉找到她，指定她饰演一位游击队的护士长，在出生入死、枪林弹雨中，勇敢地救护伤兵与敌斗争，是解放后的影片中最特殊而性格鲜明的工农兵形象。可是摄制组要长时期到外地去拍外景，她离开上海的家，放心不下没有父亲的一对儿女。正在烦恼焦虑之际，有一个长期担任副导演的贺路，这一次却推辞掉任务，自告奋勇地为上官照顾儿女，住在她家，负责孩子们的吃、喝和接送上学。有这么一位与自己同事多年，忠厚平实的男子无私地来挑起她的重担，她也就安心地随摄制组去外省了。

半年以后，《南岛风云》完成，摄制组回到上海。

紧接着《南岛风云》在全国放映，获得好评，这为上官能演工农兵增加了信心。

后来北影拍摄柔石的《早春二月》，由孙道临、谢芳主演，还特别邀请上官饰演重要角色文嫂。影片放映，观众对上官的表演予以很高评价。

她回到上海，谢晋决定拍摄《舞台姐妹》。谢晋请《早春二月》

的女主角谢芳任女主角，上官饰演商水花，不是主角，是一个由越剧皇后被老板遗弃的中年艺人。正当两部影片的创作人员满怀信心地完成作品时，在"千万不要忘记阶级斗争"的最高指示下，大批"香花"一夜之间变成毒草。《早春二月》宣传资产阶级人道主义受批判，谢晋的《舞台姐妹》因宣扬人性，不准公映。

上官云珠的艺术美梦又一次破灭，意志消沉，加上家庭不和，就与曾和她合作的一位导演发生暧昧关系，满足她心灵的寂寞和欲望，夫妻因此争吵，闹得人人皆知，她充耳不闻，自甘堕落……

（《作家文摘》总第 1915 期）

一张照片的姻缘

·叶霞翟·

1930年，叶霞翟与胡宗南因一张照片结下情缘；1937年抗战前夕，他们互定终身。随后她远赴美国游学，他奋战在抗日前线，但是二人没有忘记彼此的约定。10年之后，他们终成眷属。赴台12年，胡宗南在她的陪伴下，度过了生命的最后一刻。

我16岁被一张照片深深吸引

一切都是从一张照片开始。那是1930年，我才16岁。那年夏天，我考取了浙江大学农学院附设的高中——农高。和我一同考取的女同学一共只有三人，小姜、小朱、小江。我和小江是在入学考试时就认识了的。小江每个星期六都回家，有时也约我一同去。

一个星期天的早晨，我和小江正在房里看小说，忽然听见一个粗重的男人声音在窗外问："你们看什么书？"原来他是小江大哥的同期同学，那时在杭州《民国日报》任总编辑。他说，如果我们喜欢看小说，他可以借给我们看，他那里什么书都有。一个报馆的总编辑家里，当然有很多书的。小江听他说要借书给我们看，兴趣来了，放下手里的书，开始和他聊天。

果然，这次以后他每次来江家都给我们带书来，有一次就提议最好我们自己去他家挑。于是那个周末，我们从笕桥进城，叫了一辆黄包车直接从车站到他家里。

我一走进他的书房，还没有开始看书，就被书架上的一张照片吸引住了。那是一个青年军官的照片，只见他身上穿着整齐的布军装，腿上打着绑腿，腰间束着皮带，姿势优美而英挺，站在那里整个人是那么生动有神。我呆呆地看着，竟忘记去找书了。站在我后面的主人，看我对照片看得那么出神，就笑着问我："你认得他吗？"

"不，不认得。"给他这一问，我猛然觉察到自己的失态，满脸绯红，期期艾艾地竟有点答不上话来了。他倒不介意我的窘态，接下去说："他是大大有名的胡师长，你们这些小姑娘不知道他，前方的军人可没有一个不知道的。"

从那次以后，我常常怂恿小江和我去总编大哥那里借书，顺便看看那张照片，有机会就请他讲些胡师长的故事。由于种种传闻，我对胡师长的印象愈来愈深，仰慕之心也愈来愈切，总希望有机会能见到他。可是，直到我高中毕业，都没有遇到这个机会。

大三时终于见到照片中人

毕业以后我去上海念大学，在我念大三的那年春天，我和绮嫂去杭州探亲。一天早上，我去老师那里，他正在楼上处理公务，叫我在楼下客厅等一下。过了不久，听见后面响起了脚步声，我以为是老师下来了，回头一看，进来的却是个陌生人。当我和他的眼光一接触时，就像一道闪光射进我的心里，立刻感到脸红耳赤、心头乱跳，同时觉得这个人好像是什么地方看见过的，到底是谁却想不起来了。这时，王副官进来，对那位客人笑笑，很恭敬地说："军长，先生请你上楼去。"

"唔，好！"他口里应着，脚步已跨出客厅。

老师终于下来了，刚才那位客人也跟在他后面。他一进来就很高兴地对我说："你来得正好，我给你介绍一位朋友。"然后指着那位已经站在他旁边的客人说，"这位是胡军长。"又看着客人指指我说，"这位是叶小姐。"

接着他对我说："这位胡军长是我的好朋友，他的学问好得很，你可以多多地请教他。"然后又对胡军长说，"大哥，我还要上去理一下东西，你们谈谈吧。"说着，没等他作任何表示就匆匆跑出去了。

客厅里只剩下我们两个人，这时我已经知道来客是谁了。原来，这几年他已从师长升到军长，他的样子有点像那张照片，又有点不像。七八年来我一直想着他，想认识他，如今，我们终于面对面了。

幸亏他倒很能掌握情况，老师一走，他就马上移坐到离我较近的一张椅子上来，用温和而亲切的口吻对我说："叶小姐，听说你现在在上海念书，念几年级了？"他问了我许多学校方面的问题，这些问题最容易谈，也最不会得罪人，慢慢地我的心平静下来，态度也自然了。等到20分钟谈下来，我们已不再感到陌生。后来他说要等着送我老师去车站，问我要不要一道去，我心里是想说"不"的，口里却说"是"。时间还早，他提议我们先去附近湖滨公园散散步，我心里想，刚刚认识怎么可以和他一同出去散步？正推辞间，郑先生来了。郑先生是认识我也认识胡军长的，不知道是有意还是无意，他听见胡军长说出去散步的事，连忙对我说："来，来，我们一同出去走走。"因有郑先生同去，我也就不再推辞了。出得门来，三个人有说有笑地从第一公园一直走到民众教育馆。

一小时之后，我们回到公馆陪老师一同去车站。车站里人潮汹涌，好像还有些部队上车，胡军长没有和我们同车，我想可能他还要送别的人。车开动了，我向老师的秘书何小姐挥手送别，老师是素来不喜欢这些婆婆妈妈式的动作的。

"叶小姐，我送你回去吧！"当我正转身要走时，忽听得后面有人对我这么说。不知道在什么时候，这位将军竟又回来了。我觉得有点不好意思，连忙说："不了，谢谢您，我自己回去。"他好像没听见我的话一样，跟着我朝车站出口的方向跑。我想，等到了车站门口再说吧。出得站来，前面正停着一辆黑色轿车，当我们走到离车子还有几步距离的时候，他却一个箭步跑到车旁把车门打开了。我感到很尴尬，他则笑嘻嘻地用他那空着的左手很自然地把我挽上了车。

到了家门口，我说了声谢谢。他也没有什么表示，只说了一声"再见"就叫司机把车开走了。

"着了我家小姐的迷"

谁知过了不一会儿，外面的门铃就响了。女佣来报告，外面有客要见二小姐。

他已换穿一套西装，态度潇洒儒雅，实在不像一般人所想象的军人。他问我有没有兴趣去游湖或散步，我觉得有点累，不想出去，就提议在家里谈谈。他也乐于接受，一谈就谈了几个钟头，从杭州的天气谈到西湖的风景，再从西湖风景谈到有关西湖十景的各种典故。他是那么健谈，说话的声音平和而有力，眼睛充满着感情，当你听他说话，看着他的表情，是不能不被吸引的。坐到天快黑的时候，他看看表，说是有人请他吃晚饭，才愉快地辞去。

晚上，门铃又响了。女佣进来说："二小姐，下午那位客人又来了。"绮嫂一听马上咯咯大笑起来，她说："你看，这就是攻心战术，哪里有一位普通朋友会这样积极的？要不，他是着了我家小姐的迷了。"

大约是我们回到上海的第五天早晨，妈妈的丫头阿香急急忙忙地跑进房来对我说："二小姐，快下去，门口有一位先生要见你，他手上还捧着一盆花呢。"我想那不会是他吧？可能是他打发花店送来的。

下去一看，我简直要笑出来了，原来真的是他，直直地站在门前，两手捧着一大盆盛开的玫瑰花，那是个绿瓷砖的花盆，恐怕至少也有10斤重吧。我深为他的情意所感动，赶快请他上楼去坐。他问我把花放在哪里，我想摆在自己房里，他坚持要自己捧上去，我拗他不过，只好为他带路了。到了房里，让他把花摆好，就索性请他在那里坐下。坐定后，他对我说："你一定觉得奇怪吧？我不送你一束鲜花，却这么愚笨地搬来这么个大花盆。我这样做是有用意的，这是我送你的第一件礼物，我要它生根发达，年年开出完美的花朵。瓶花插几天就坏了，这株花谢了又会再开，只要你勤加灌溉，它永远会枝叶茂盛，红花常开的。"

这真是深刻的想头，这种诚意实在可感，我连眼泪都要滚下来了，也就很诚恳地回答他说："呵，你的意思太好了，真是谢谢你。

请你放心，我一定好好灌溉，小心培养，使它的花开得更美，使它的根长得更深。"

听我这样说，他伸过手来握住我的手，半晌无言。我俩的心在这一刹那间就已经有默契了。

（《作家文摘》总第 1958 期）

袁家第：从大家闺秀到烈士遗孀

·宋路霞·

袁家第（1903—1989），又名袁慧泉，是袁世凯嫡出的长孙女。父亲是袁世凯的大儿子袁克定，母亲是晚清湖南巡抚、著名书法家、金石学家吴大澂的六小姐吴本娴。

袁家第的小姨妈吴本静，嫁给苏州城里著名的费家。婚后生了三儿一女，其中老二费福熊（后改名费巩，字香曾），不仅功课很好，为人也正直厚道。吴本娴非常喜欢这个外甥，就想把自己唯一的女儿袁家第许配给亲外甥费巩。吴本静也很喜欢自己的外甥女，于是一拍即合。袁家第与费巩是表姐弟，从小一起玩，两小无嫌猜，大人们一说合，他们也不反对，于是袁家第的小姨妈转眼变成了婆婆。

1925年，袁家第与费巩结婚。婚后，她改名为袁慧泉。

费、袁虽然不是自由恋爱而结合，但始终非常恩爱，相敬如宾。对待婆婆，袁慧泉更是孝顺有加。她们在一起共同生活了三十年，婆媳间从没拌过嘴。

1927年费巩大学毕业后，为了进一步深造，想要出国留学。可是那时费家已经开始家道中落，拿不出足够的现钱，袁慧泉立即拿出一些首饰交到丈夫手上，补其川资不足。于是费巩得以成行，1928年先到法国，后又转入英国牛津大学，研读政治经济学。1931年毕业回国后，先是在中国公学任教，继而在复旦大学讲授中国的政治制度，从1933年起在浙江大学任教，讲授政治经济学和西洋史，全家随之搬到了西子湖畔，直到抗战爆发。

这期间，袁慧泉夫妇先后有了四个孩子，活下来的有费瀼若、费川如、费莹如三兄妹。夫妇俩一个埋头教书，一个相夫教子，一家三代，其乐融融。这大概是他们最美好的一段岁月了。

谁知好景不长。1937年全面抗战爆发，他们一家逃到上海。费巩把一家老小安顿好，自己又返回学校。1938年，他追随浙江大学西迁的大队人马辗转到广西宜山，最后到达贵州遵义。上海这一家老小的生活重担，就落到了袁慧泉一个人身上。

为了要维持一家老小的生活，袁慧泉陆续把从娘家带来的东西或卖或当，养家糊口。先是卖细软，后来卖古董和首饰。她自己也没想到，这样卖卖当当的日子居然过了十二年。

袁慧泉起初对丈夫的决定很不理解，但她毕竟是大家闺秀，大事情从来不糊涂的，经过费巩的一再解释，她渐渐理解了丈夫的胸怀和抱负。

她万万没想到，丈夫此一去竟成了永别！

原来，费巩是位正直的知识分子，多年来一直支持和参与进步学生运动，早就引起了国民党特务的忌恨。1943年起，他连续撰文和发表演讲，抨击国民党的腐败统治，要求废止国民党一党专政，赞成中国共产党提出的成立联合政府的主张。1945年2月，他毅然在重庆文化界发起的《对时局进言》上签字，同时还着手调查国民党官员的腐败行径。这样一来，更成了特务分子的眼中钉。1945年3月5日凌晨，费巩应复旦大学之邀，在前去讲学的路上——重庆千厮门码头（今朝天门码头）遭到国民党特务的绑架，不久被秘密杀害，并毁尸灭迹。

这就是当时轰动大西南的"费巩事件"。

当时，浙大校长竺可桢、著名人士黄炎培（费巩的表兄弟）、柳亚子等奔走营救。在渝四十多位留美教授，联名写信给驻华美军总司令魏德迈，要求他出面营救费巩。1946年1月，在国共两党政治协商会议上，周恩来代表中国共产党提出"要求释放叶挺、廖承志、张学良、杨虎城、费巩"……

丈夫的无辜被害，对袁慧泉来说，客观上促成了她政治上的觉醒。她没有被黑暗势力所吓倒，反而更加接近了进步群体。

在临近解放的日子里，国民党特务在上海的活动也越发猖獗。她家对门汤医生的大儿子汤国强（后改名汤兴伯）在圣约翰大学读书时参加了中共地下组织，在学校和社会上组织学生活动，结果被国民党特务盯上了。

有一天，一帮警察来汤家抓人，汤国强得到消息，机智地从屋顶翻墙头逃走了。特务们抓不到人，就赖在汤家不肯走，说除非有人出来担保才行。汤医生夫妇想来想去，想到了袁慧泉，认为她虽是位女性，但最仗义，或许肯出来帮忙。果然，袁慧泉听了二话没说，她从容地立下字据，警察这才离去了。

解放后，周总理非常惦念袁慧泉一家，1950年派专人到家中慰问，并给予教授待遇的优抚金，每月150元。这给袁慧泉带来极大的精神安慰，不仅一家生活有了保障，孩子们都可以上大学了，而且大家都把她看作烈士的遗孀，她在政治上也获得了肯定。她开始露出了久违的笑容。

袁慧泉觉得自己不能白拿国家的钱，她走出了家门，主动要求参与居委会的工作。于是，她这个特殊身份的大家闺秀，成了上海静安区街道的妇联主任、居委会副主任。从1950年到1966年"文革"爆发之前，袁慧泉像是换了一个人，过着朝气蓬勃的崭新生活。她走上讲台能宣传鼓动，调解矛盾时也能讲得头头是道。街坊邻居都知道她是袁世凯的孙女，没有上过正式的学堂，想不到她竟如此会说能干，无不对她刮目相看。

然而"文革"一爆发，袁慧泉好像一夜之间又不是烈士遗孀了，仅剩下袁世凯的孙女一种身份了，就连周总理批示的优抚金也被停发了。

在造反派进门前，袁慧泉就做好了准备，把祖上传下来的文物、字画及自己陪嫁的一个首饰箱，统统摆到了桌子上。

这次抄家，造反派甚至把费巩烈士的遗物也带走了，结果经女儿费莹如的努力总算给要回来了。费莹如第一次打开那只铁皮箱子，发现里面有十六本父亲的日记，六十余本著作，还有伯父剪贴的1945年到1946年有关父亲"失踪"一案的剪报资料。她仔细阅读了两遍，更深入地理解了自己的父亲。粉碎"四人帮"以后，政府追认了其父的烈士身份。征得哥、姐的同意后，费莹如把这些文献共128件全部捐献给了龙华烈士陵园。其中的"费巩烈士生前日记"，经国家文物局审定为一级文物。

令袁慧泉感到宽慰的是，1978年9月，丈夫的沉冤得到昭雪，她的烈属优抚待遇也恢复了。在苏步青、王淦昌等300余位浙大老校友的联名倡议下，经中共中央统战部批准，浙江大学于1979年10月30日，隆重召开了有1500余人参加的"费巩烈士纪念会"。会上，听着费巩烈士生前好友及学生们催人泪下的发言，袁慧泉再次流下了激动的泪水。1980年3月16日，费巩烈士的衣冠冢在龙华烈士陵园落成。8月，《费巩传》一书由三联书店正式出版。

1989年，袁慧泉安然归去了，享年86岁。

（《作家文摘》总第1251期）

聂荣臻与张瑞华的聚散离合

·吴兆章·

开国元勋聂荣臻元帅，一生留下了无数动人的事迹和传奇经历，他与妻子张瑞华、女儿聂力的几度聚散离合就非常感人。

幸福结合

广州起义失败后，聂荣臻于 1928 年 1 月在香港就任广东省委军委书记。由于香港的环境相对稳定，已近而立之年的他便开始在工作之余考虑物色志同道合的终身伴侣。

一天，户外响起轻轻的叩门声，聂荣臻知道这是事先约定的联络暗号。来者是一位眉清目秀的姑娘，聂荣臻定睛一看，这不是张瑞华吗？

张瑞华，河南信阳人，1909 年生，比聂荣臻小 10 岁。1926 年，北伐军北上之时，她毅然离开就读的信阳女子师范学校，考入黄埔军校武汉分校女生队学习。其间，张瑞华加入了中国共产党。

聂荣臻第一次见到张瑞华，是 1926 年冬在武昌中和里军委机关新党员入党宣誓仪式上。初次接触，就让聂荣臻在脑海中留下了对这位中国新女性坚强美好的印象。广州起义中，聂荣臻在总指挥部再次见到了张瑞华，对她坚持请求参加危险性极大的肃反工作钦佩不已。此时，张瑞华担任广东省委的机要交通员，来往于香港、九龙、广州三地之间，负责传送党的机密文件。

张瑞华不正是自己最理想的终身伴侣吗？聂荣臻想了好久，决心试探一下姑娘的态度。

一天，两人见面后，聂荣臻鼓起勇气对张瑞华说："瑞华同志，我在武汉时就认识你了，以后在广州暴动中又碰到了你。你给我的印象是热情、坚定、勇敢。你我都是共产党员，我们能不能建立比同志更进一步的关系？你考虑考虑，过几天回答我也可以。"

两天后，聂荣臻再次问张瑞华时，得到了肯定的回答。1928年4月，聂荣臻和张瑞华结婚了。

患难情深

聂荣臻夫妇在香港的生活很是艰苦。聂荣臻以记者身份作掩护，张瑞华也经常以阔太太的身份去各地送文件，可聂荣臻每月生活费只有15元，张瑞华只有7元。夫妇俩吃的是粗茶淡饭。为了让聂荣臻保持健康的体魄，张瑞华千方百计调剂伙食。

1930年刚过完春节，聂荣臻去上海参加军委会议。会上，军委书记周恩来通知他去天津担任顺直省委常委兼组织部长。没过几天，张瑞华提着她与聂荣臻的全部家当——一个提包和一只藤条箱，跟随聂荣臻一路颠簸到了天津。

到达天津后，有孕在身的张瑞华开始出现强烈的妊娠反应，聂荣臻为自己无法在家里好好照顾妻子而苦恼不已。就在他发愁的时候，顺直省委书记贺昌通知他："中央决定调你到上海，另有任务，你交代一下工作尽快走。"情急之下，聂荣臻只好托房东太太替他照顾一下妻子，千叮咛万嘱咐之后才赶往上海。半个月后，张瑞华妊娠反应有所好转，便来到了上海陪伴聂荣臻。

此时，聂荣臻已调到"中央特科"工作。"特科"是中共中央重要的情报和保卫工作机关，风险极大。张瑞华一直为丈夫的人身安全担心着，天天坐等聂荣臻回家。聂荣臻在"特科"工作了三四个月，张瑞华就在高度紧张中度过了三四个月。

1930年8月中旬，聂荣臻回到中央军委工作，担任周恩来的助手。9月，聂荣臻夫妇唯一的女儿聂力来到了人间。

1931年1月，中共中央政治局决定，以周恩来、聂荣臻、陈郁、陈赓等7人组成中央军事委员会，周恩来任书记，聂荣臻任参谋长。从此，聂荣臻更忙了。张瑞华也就更累了，既要照顾几个月的女儿，又要照顾好聂荣臻的生活。

4月的一天，聂荣臻直到深夜才回家。一进门就以急促的语气低声说道："顾顺章叛变了，你要立即搬家，我以后会去找你们的。"说完，他又急匆匆地冲出了门，消失在夜色之中。

不久，张瑞华母女被组织上安排住进了虹口区提篮桥的一个小阁楼里。两天后，聂荣臻也来到了这里。

后来，当时的党中央总书记向忠发也叛变了，上海的秘密工作已无法再开展下去，周恩来等党的领导人便逐步向中央苏区转移，聂荣臻自然也得随行离开上海。因为孩子太小，张瑞华决定暂时留在上海。

12月下旬，聂荣臻告别妻子和女儿，离开上海赶往苏区。

家人聚首

1932年，张瑞华被调到共产国际远东局驻上海的秘密机关，仍做机要交通工作。

1934年春，由于叛徒告密，上海秘密党组织再次遭到破坏，张瑞华也不幸被捕。她带着3岁的小聂力，被关进了英租界的提篮桥女监。

在狱中，任凭巡捕怎样威逼利诱，严刑审讯，张瑞华一口咬定自己是农村妇女，带孩子来上海找丈夫。当局见问不出个所以然来，就采取放长线钓大鱼的办法，一个月后将她们放了，实行严密监视。在一个风雨交加、电闪雷鸣的夜晚，张瑞华抱着聂力，机警地甩开了跟踪她们的侦探，逃离了虎口。

之后，张瑞华被安排到位于上海浦东的地下印刷厂做装订工，兼做党支部工作。1935年秋，中央红军到达陕北，组织上便安排张瑞华去陕北与聂荣臻会合。

8月，张瑞华赶到甘肃省预旺堡，终于与分别了5年的聂荣臻见了面。

张瑞华只在预旺堡住了三四天，聂荣臻便带着歉意对妻子说："中央指示，我要带领先遣支队继续西进，去迎接第二、第四方面军来陕北会师。"就这样，刚刚相聚到一起的夫妻又分离了。

张瑞华离开上海，一走就是10多年，年幼的聂力被寄养在嘉定县一位贫苦农民的家里。抗战胜利后，周恩来利用国共和谈之机，托人找到了聂力。这时，聂力已经15岁了，她辗转到了北平，见到了当时在北平军调处工作的叶剑英。叶剑英马上把这个消息通知了聂荣臻。碰巧这时，张瑞华也从延安赶到了张家口。夫妻俩激动地等待着全家团圆。

在北平的聂力也沉浸在莫大的幸福之中。但长期的离别，使她已经记不得父亲是个什么样子了；即使是母亲，印象也十分模糊。叶剑英了解到这个情况后，便拿出一张聂荣臻的照片来，对聂力说："这就是你爸爸，你拿着这个，到张家口去，看谁像照片上的人，你就叫他爸爸。"

1946年4月，聂力被送到了张家口，聂荣臻终于见到朝思暮想的女儿。

（《作家文摘·合订本》总第206期）

"向蔡同盟"的革命与爱情

·散 木·

"向蔡同盟"惊世骇俗

蔡和森和向警予是一对著名的革命情侣和革命夫妇。他们的结合，曾被称为"向蔡同盟"。

五四运动后不久，一批湖南青年男女登上法国邮轮，赴法国开展"勤工俭学"运动。在一个月的漫长航程中，蔡和森、向警予由一起观看日出、讨论和学习，最后谈及婚姻问题。当邮轮停靠在终点站马赛港时，他俩惊喜地发现爱情之舟已经扬帆启航了。在蒙达尼，他们开始了"勤工俭学"的生活，两人经常交换诗作以表达彼此的"爱恋"及对"革命"的向往。1920年5月，他们宣布结合，随之有了一本见证性的诗集《我们一起向上看》（一说《向上同盟》），分赠给大家，由此人们称之为"向蔡同盟"。

两人的好友毛泽东获知这一消息后大为赞赏。1920年11月26日，毛在致罗学瓒的信中说："以资本主义做基础的婚姻制度，是一件绝对要不得的事，在理论上是以法律保护最不合理的强奸，而禁止最合理的自由恋爱……我听得'向蔡同盟'的事，为之一喜，向、蔡已经打破了'怕'，实行不要婚姻，我们正好奉向、蔡做首领，组成一个'拒婚同盟'。"原来，革命者如毛泽东等，早年无一不是无政府主义者，这里的所谓"无"，包括了人类"异化"的政府、国家乃至婚姻、家庭。在他们看来，"向蔡同盟"似的男女结合，正是"拒婚同盟"的实践。随后张申府和刘清扬，以及毛泽东与杨开慧、李富春与蔡畅等的结合都是"向蔡同盟"模式的翻版。

敢于打破"死亡婚姻"也需要坦荡胸怀

"向蔡同盟"的结局是让人意料不到的。许久以来，这仿佛是一个禁区，被剥夺了"知情权"的人们，兀自沉浸于对"革命与爱情"的迷恋中，历史的真相却非如此。

1921年底，蔡和森等因参加和领导学生运动被法国当局遣送回国，不久，已怀孕的向警予也回到了上海。1922年7月，在中共二大上，蔡和森当选中央委员，向警予当选候补中央委员。蔡和森担任了中央宣传部第一任部长，向警予则担任了中央妇女部第一任部长。这对恋人实践他们在法国结盟时的理想（当时他们双手共持《资本论》拍摄了一张新婚照片，向警予将照片寄给家乡的父母，在信中她说："和森是九儿的真正所爱的人，志趣没有一点不同的，这图片上的两小也合他与我的意。我同他是一千九百二十年产生的新人，又可做二十世纪的小孩子。"），开始为中国的马克思主义运动奋斗。为此，蔡、向还共用了一个笔名"振宇"，在蔡和森主编《向导》周报期间，经常用这个笔名发表评论文章，而"振宇"就是

"警予"的谐音。在此后的革命岁月里，两人还生养了一双女子：蔡妮、蔡博。

然而，时间到了1925年初，随着另一个共产党人彭述之（后成为中国"托派"的首领）的介入，"向蔡同盟"遇到了挑战，最终宣告"解体"。对此，罗绍志在文章中说：向警予的"追求"，"不但表现在她对自由婚姻和美好爱情的向往，同时也表现在她对破裂婚姻和感情正视的态度。几十年前，他们敢于自由恋爱结婚……为众多国人不齿；而后又敢于打破死亡婚姻，更是惊世骇俗"。这一番话，对不曾知晓其原委的人来说，想必会大吃一惊。

其实，"革命者"也是千人千面的，只是过去我们的描写太刻板太单一，掩盖了革命者鲜活的个性，久之则不免失真。比如蔡和森，曾与之同赴法国的冶金专家和侨民沈宜甲在《我所知道的早期之蔡和森》的回忆中说：蔡"受墨子影响很大，反孔反儒，又受家乡谭嗣同影响甚深"。蔡的一位同窗评论其人云："蔡先生为人庄重严肃，不苟言笑，说话条条有理，初很动人。但经久总是那一套，只可使中小学生爱听，凡程度较高者则不见重。"这也是中国早期马克思主义者的实际状态。如蔡和森，"对本国人只有墨子、谭嗣同、毛主席三人，对外则每每提及列宁，甚少提及马克思，因那时中国尚无此资料。但最令我头痛及生气者，即他口口声声云，俄人为世界牺牲，乃中国最好的朋友，中俄永无大战。我听了厌烦。和森只偏一方：一为只问政治革命，不及其他；一为此革命只以取消地主为最要，对其他建国之事则向不及"。

从全面的"审美标准"来看，蔡和森当然不可能是"完人"。蔡和森还不时忍受着哮喘病的折磨，加之生活穷困（为此李大钊曾写信给上海的胡适，希望他帮助蔡出版书稿以救急）。在这种条件下，

"革命与爱情"也就有了变数。

中共四大之后，彭述之以中央委员身份接替多病的蔡和森，担任了中央宣传部部长（当时蔡和森专职主编《向导》周报）。为了方便工作，蔡和森夫妇、彭述之夫妇和秘书郑超麟一起住在宣传部的寓所。据说彭述之是一个"风流才子式的革命者"，不同于"枯燥"的蔡和森，彭述之有潇洒的举止、幽默的谈吐，这竟使得一向不苟言笑、被人称为"马克思主义的宋学家""革命老祖母"和"女中墨子"的向警予有些动心了。

"墨家"蔡和森在工作上废寝忘食，生活上不拘小节，为人父、人夫也未能尽到责任。向警予自己也不善理家务，思想上又崇尚妇女解放和个性自由。在"七年之痒"之期，蔡和森因领导五卅运动等过度劳累使哮喘病和胃病复发，离沪赴京疗养，彭述之却因兼管中央妇女委员会的工作与向警予有了更多接触的机会，于是"向蔡同盟"趋于解体。等到病情缓解的蔡和森返回上海时，坦荡的向警予对蔡和森坦白了一切。此后，同样襟怀坦白的蔡和森要求中央开会讨论这一问题。总书记陈独秀认为这要由向警予自己决定，向竟"伏案大哭"，不能断决。最后，中央主席团（陈独秀、瞿秋白、张国焘）三人只好决定派向、蔡一同去莫斯科，希望这样的"冷处理"会有个好结果。然而，最终两人还是决定分手。

蔡和森对向警予的深切怀念

中共六大结束，蔡和森在莫斯科担任中共驻共产国际代表。心力交瘁之际，蔡和森在情感上需要寄托。当时也在莫斯科的，有他的湖南老乡李立三夫妇。李立三的妻子李一纯出于同情和关心，对病中的蔡和森给予许多照顾，慢慢地，两人擦出爱情的火花。

"向蔡同盟"解体后，情侣或夫妻关系是不存在了，但广义的革命同志（同盟）关系依然如故——所谓"革命与爱情"，有悖背，也有统一。

1928年"五一节"，国民党湖南军阀在长沙公开处决此前在汉口法租界被捕的向警予。得悉向警予被捕，蔡和森曾赶紧托旧友萧子升出手相救，可惜未能如愿。这年7月，身在莫斯科的蔡和森含泪撰写了向警予烈士的传记，以此寄托他沉痛的哀思。

蔡和森写道："警予与和森对于爱情的观点，最初都是神秘的观点，因此两人之间，反因神秘的爱情而感到一种神秘的痛苦，1925年底同来莫斯科之后，遂至最后的分离。"

最后，蔡和森高呼："伟大的警予，你没有死，你永远没有死。你不是和森个人的爱人，你是中国无产阶级永远的爱人。"泣血之辞可谓痛怛彻骨，读之令人动容。

"革命夫妻有几人，当时蔡向各成仁。和森流血警予死，浩气巍然并世尊。"这是诗人柳亚子悼念向警予的一首诗。1931年6月，蔡和森在香港秘密参加一个海员工会的会议，甫入会场，即受到叛徒顾顺章的指认，当即被捕。不久，蔡被香港当局引渡给广东的国民党军阀，随即英勇就义。

李立三著文说，蔡和森受尽酷刑后而死，敌档记载则是遭枪决。

（《作家文摘》总第 1268 期）

刘海粟：我生命中的两个女人

·刘海粟口述　沈祖安　李萍整理·

刘海粟一生充满传奇色彩，其感情和婚姻生活也分外引人注目。本文为刘海粟在90岁高龄时对自己婚姻往事的回忆——

我第二次结婚，是和成家和女士（后改名成丰慧，时年19岁，刘海粟35岁）。

现在回头来冷静地剖析一下我们当年的婚变和离异，我也从中总结了一点东西。

成家和起初是跟我学画的，也是美专的学生。成家和从一个清苦的女学生，成为美专校长的妻子，很快适应了那种所谓上流社会的交际生活。其实，我虽有虚名，生活却并不充裕。我们结婚不久，就开始暴露出夫妻之间有一点小小的隔膜。

有一次，家和在我身边低声倾诉道："成为夫妇后，你的才华和声望对我来说已不是主要的了。我需要的是一个具体的丈夫——有了精神上的慰藉，哪怕饥寒交迫也是十分温暖的。这才是夫妻。"我听了觉得心头一震。说明在她心目中，我是个很不称职的丈夫。

不久，我们出国了。在法国的这段时间，她似乎从实际生活中得到一些补偿。她暂时消除了对我的意见。回国后，她开始注意打扮了。因此艺术界都说她从法国回来更美了。有人跟我开玩笑，说我从巴黎带回来"一尊活的维纳斯"。作为一个画家，我能满意地观赏她那美艳的神韵，但作为一个丈夫，我有时忍不住轻声责备道："家和，你知道吗？过分的打扮会失去你自然的美！"

她是绝顶聪明的，自然听出我的弦外之音。她委屈地抢白道："你看，我穿的、戴的，还不如一个普通职员的妻子！你再看看，来我家搓麻将的太太们，伸出手来都是独粒金刚钻戒指！她们生得并不比我好看，可是为什么偏要我比她们寒酸！"

我认为，家和上述这番话，是我们夫妻分离的伏机！因此，当抗战开始时，我去南洋募捐，后来因战事吃紧，我在新加坡等地住了几年，曾经和上海断了半年多音讯。她竟然抛弃了我和儿女，带走了我的藏画和我自己画的一些精品，在上海一个地方躲藏起来。当然，这件事的前因后果，在我来说，也有不足之处，因战争关系，邮路周折，我没有留下充足的安家费，又不能及时汇寄。这一段时间，她在生活上是十分艰难的，加上第三者乘虚而入，终于凤离故桐，另栖他枝了。

这第三者就是萧乃震。他原来也是我的朋友，他对我是以晚辈自称的。1938年我出国后，便托他照看家属。哪知会有后来的结果，我没有想到，也不想去研究了。

1942年上海租界沦陷后，我从新加坡辗转逃回上海探家。谁知已人去楼空。她不敢见我，让金雄律师出面。

当时我是很矛盾的。出于男子汉的自尊，既然老婆不愿跟你，干脆走了干净。于是我爽快地签了字。但是事后又非常难受。说实话，只要有一线转机，我多么希望她能回心转意啊！我听金律师说，家和虽提出离异，但失声痛哭，看来对我尚旧情未断。我就请他转一信给家和。

想不到成家和接到信后，再也藏匿不住，居然敲门回家。她看见我正和儿女说话，就奔上来，与我、与孩子抱头大哭。当时我倒冷静下来。我说："既已如此，好合好散。"

成家和走后，我回顾以往的生活，我觉得，除了在个别问题上不能谅解外，我都应该宽容别人的不足，因为我自己的弱点实在太鲜明了。

说来也巧，当我精神上正感到孤寂的时候，突然接到夏伊乔女士打来的电话：她已经到了上海。我吃了一惊，在我还没有明白过来时，她已经站在我面前，依然是那样爽朗和热情。

我有点惊愕，因为这出乎意料之外。我是在南洋举办筹赈画展时认识她的，对她的印象很好。我和她相处的时间虽然不长，但我感到她身上有见义勇为的丈夫气概，也有一种平常妇女所缺乏的英秀之气。

我虽感激夏伊乔，但出于自尊和自卑心理的交织，我不能答应她，这是我理智的一面。同时，我又有感情的一面，我不愿用坚决的语言来伤她的心。

"刘先生，这些我都反复想过。作为一个女人，决定走这一步，不可能不再三权衡，如果您不坚决拒绝，我决心当好您的助手，以便使您解脱一切束缚自己发展的羁绊。"

我们终于结合了（时年刘海粟50岁，夏伊乔27岁）。夏伊乔很快就把家庭治理起来。她其实还年轻，也并无多少韬略，无非一个"诚"字。开诚相见，以诚相待。

十年动乱中，我不断遭受批斗，家被毁坏一空。伊乔从地上捡起仅存的一些被撕毁的宣纸（有的上面还踏有红卫兵的皮鞋印），掸掸干净，摊平了，叠得整整齐齐，供我写字作画用。大家都说我豁达，其实那个时候，我也忧心忡忡。夏伊乔也并非不着急，但是她用最大的克制，在我面前装作若无其事地说："一切都是身外之物，不用想，你是艺术家，真正的艺术是砸不掉的，抢不走的！"她借口"老人年岁高，受不了惊吓，还是让我去代他"，几次代我挨批斗、挨打。就这样，在最艰难的岁月里，夏伊乔重新坚定我从事艺术劳动的信心。

还有一点，索性一并提一下吧。在成家和之前，我曾和张韵士结合，我和她后来不能继续夫妻关系，有多种原因。成家和不能容她。但是夏伊乔后来却把她重新接回家来住。虽然我与韵士已没有夫妇关系，但伊乔把她当作大姐姐，甚至当作长辈照看。她亲自为韵士梳头和洗衣服，直至20世纪60年代，韵士已经老弱多病，心情也开始孤僻，但是夏伊乔仍像哄孩子那样使她晚年生活在宁静而愉快的气氛中。最后，韵士逝世了，伊乔为她料理得很周到，还喊着："老阿姐，让我再给你梳一梳头吧！"我听后，眼泪盈眶。

（《作家文摘》总第 1746 期）

沈从文的素色虹霓

·潘彩霞·

对张兆和，沈从文爱到了骨髓里，这一点毋庸置疑。然而不得不承认，作为局外人，胡适也看得真切："这个女子不能了解你，更不能了解你的爱，你用错情了。"

于是，"凡事都若偶然的凑巧，结果却又若宿命的必然"。高韵秀，就是一个偶然加必然。

那一日，沈从文因事去和他有点亲戚关系的熊希龄家，少顷，一个"长得很美"的女子从客厅一角出来了——主人不在，嘱咐家庭教师来接待他。"我读过您很多小说，我太喜欢您的文笔。"一个曾在青岛大学任教，一个两年前去青岛看过樱花，话题是自然而然的。"我仿佛看到一条素色的虹霓。"第一次见面，她留给他一个"幽雅而脆弱"的印象。

一个月后，他又在一个素朴而美丽的小客厅中见到她，她刚刚读过他的小说。谈到他那"很美"的小说时，她轻叹了一口气，"美得有时也令人不愉快！譬如说，一个人刚好订婚，又凑巧……"他听出了一些言外之意。

沈从文看似平静的心湖泛起了涟漪。近四年的苦恋，在张兆和家庭的推波助澜下，他用无数滚烫的文字终于赢得她的芳心。婚后，他一样痴情未改，然而，情书里那些美妙的幻想最终被日常生活所腐蚀，相濡以沫之外，他渴望相知相惜。沈从文是矛盾的，他不安，他逃避，他害怕"'偶然'浸入生命中时所能发生的变故"，害怕"'偶然'破坏幸福的幻影"，可是，他又忍不住叩问自己，"你以为你很幸福，为的是你尊重过去，但你何尝真正能够在自足中得到幸福？"

　　在这样的内心冲突中，沈从文与高韵秀书来信往。无疑，他是愉悦的，她在文学的领悟上与他心有灵犀，这与理性、务实、与他的创作有隔膜的新婚妻子张兆和是完全不同的。

　　交往顺理成章，爱写诗歌的高韵秀开始写小说，《紫》完成后，经他作了修改，以高青子为笔名，就发表在沈从文主编的《国闻周报》上。这篇小说讲的是主人公在已有未婚妻的情况下，偶然遇到并爱上了穿紫衣、有"西班牙风情"的美丽女子璇青，不得不在激情与克制、逃避与牵挂中矛盾和徘徊。文中，她刻意引用了他小说中的句子，"流星来去自有她的方向，不用人知道"。

　　她想表达的，他当然看懂了，包括"璇青"这个名字——"璇若"和高青子的组合，而"璇若"，曾是沈从文的笔名。在他的鼓励和提携下，她陆续发表了多篇小说，并经由他的帮助，出版了《虹霓集》，署名：青子。毫无悬念，《虹霓集》掀起了一场家庭风暴。从沈从文书桌上读到高青子的书时，以张兆和的智慧，一目了然。尽管沈从文坦白了自己的经历和感受，希望得到她的理解，可这对于一个妻子来说，实在有点强人所难，一气之下，张兆和回了苏州娘家。

痛苦不堪的沈从文找到林徽因，希望她帮他梳理这"横溢的情感"，他说："我不能想像我这种感觉同我对妻子的爱有什么冲突，当我爱慕与关心某个女性时，我就这样做了，我可以爱这么多的人与事，我就是这样的人。"

理智到底战胜了情感，结婚三周年时，他写了《主妇》，作为送给张兆和的礼物，他反省自己，"人生的理想，是情感的节制恰到好处，还是情感的放肆无边无涯？"虽然妻子"太年青"，"不大懂他"，但他愿意如她所希望的"完全属于她"。

然而和高青子的纷乱情感剪不断、理还乱，只要一个契机，便星星之火可以燎原。全面抗战爆发后，沈从文到西南联大任教，不久，高青子也来到西南联大图书馆任职，再次重逢，情感胜出，理性败北，"一年余以来努力的退避，在十分钟内即证明等于精力白费"。这期间，沈从文创作了《看虹录》，小说叙述了一个作家身份的男子，深夜去探访自己的情人，在炉火温馨的氛围中，他们放纵了自己的情感。小说中写到的房间，就是他在昆明的家，而其中的女子，在性情、服饰、举止上，都取自高青子。很明显，《看虹录》是对她《虹霓集》的赤裸回应。

然而，也许是看清了沈从文的怯懦和犹豫，也许是想取回一点自尊，高青子决定离开，"若不走，留到这里算是什么？"

1942年，在《水云》一文中，沈从文回顾了10年的情感和创作，他刻意写得晦涩难懂，文中提到的"她"，只用"偶然"来代替。多年后，为他写传记的美国汉学家金介甫曾写信问他"偶然"到底是谁，沈从文的回信只有简单的一句："的确有过这样的人。"

（《作家文摘》总第 1958 期）

陈白露原型：王右家

·唐 山·

提起中国20世纪30年代妇女解放运动，不能忽略《益世报·妇女周刊》，而提起《益世报·妇女周刊》，就不能忽略王康垒，她接手苏雪林主编该刊两年半，撰稿百余篇。

王康垒，本名王右家，曾与罗隆基高调同居，并与名作家曹禺、章靳以传出"四角恋爱"绯闻，中年嫁给阮玲玉昔日情人唐季珊。曹禺曾撰文承认：王右家乃《日出》中陈白露的原型。

在轮船上遇到了罗隆基

王右家生于1908年，据她"从拖鼻涕时代——小学一年级就同学，以致中学、大学都同校"的吕孝信所记，二人考入北平女子师范大学后约定一起去美国读书，但王右家先去了美国威斯康星大学。

1931年，在美三年的王右家没拿到文凭便回国了，据她自己说，在轮船上遇到了罗隆基。

罗隆基也曾在威斯康星大学读书，后入哥伦比亚大学，继而投到英国著名学者拉斯基门下，拿到博士文凭。

1926年，作为中英庚子赔款委员会的委员，胡适去英国开会，遇到罗隆基，一番交谈，胡"听了很高兴。与他谈甚久"。

在英国读书期间，罗隆基娶了新加坡富豪张永福的女儿张舜琴。1928年，二人居住在上海，张舜琴挂牌当律师，可她不会汉语，业务萧条。罗隆基与张舜琴婚后关系紧张，他们育有一子，张舜琴认为中国保姆不懂育儿科学，决定自己按英国的科学方法抚育，每天给婴儿洗冷水澡，结果一个多月就把孩子给折腾死了。

罗隆基"九载清华，三驱校长"，一直是学生领袖。在清华时，罗隆基为练习演讲，常独自在旷野上大声演说，并对镜打磨神态，赢得过清华年度演讲第一名，打动王右家自不是难事。

同处一船的王右家一下子便迷住了年长她12岁的罗隆基。据吕孝信（后来也成了罗隆基的秘密情人）说："右家那时不过二十出头，美得像一朵花，见到她的男人，无人不为之倾倒，正是要风得风，要雨有雨的时候，她无论想嫁谁，都是别人求之不得的事。"

罗隆基想和张舜琴离婚，张不同意。1931年5月，罗隆基给胡适写信说："舜琴已于昨日离沪返新加坡，彼此同意暂分六个月。国家的个人自由没有争到，家庭的自由争来六个月，未始非易事。"

张舜琴退出，王右家便和罗公开同居，王出国前父母已为她定亲，二人此举引起舆论哗然，王父是北洋政府旧官僚，宣布断绝父女关系，直到他1944年去世，亦未原谅女儿。

一不小心创出"罗隆基花生米"

罗隆基与王右家同居后感情较好，王右家两次怀孕均流产，仅急救便花了1000多美元。二人居住房间虽大，却无家具，满屋摆放着王右家的高跟鞋，罗亦不以为忤。胡适曾到二人寓所过，梁实秋夫妇还住过一段时间。

罗隆基是"爱情多元主义者"，据他自己记录，曾和史良、刘王立明、浦熙修、罗仪凤（康有为外孙女）、邵慈云、梁实秋的女儿梁文茜（罗隆基的干女儿）、段恭瑞、陈波儿、路曦、杨薇、陶佩双、黄依乐、吴树琴、周宗琼、周慧明等有过感情牵扯。

抗战期间，罗隆基在昆明圆通街尾随一少妇，直追到小食品铺中纠缠，被告到法院，小食品铺因此成名，还专门推出"罗隆基花生米"。罗在西南联大执教期间，稍有姿色女生几乎都被他追求过，章伯钧曾说："努生（罗隆基的字）一遇女性即献殷勤。"

王右家对罗隆基一直很包容，直到罗隆基勾引"筹安六君子"杨度的女儿杨云慧（杨的先生郭有守也是新月派的作者），两人私下通了100多封信，杨怕事情败露，竟找王右家要回，王出于好奇，读了其中几封，1943年6月28日，王右家离家出走，结束了双方13年的感情。

王右家从重庆到了成都，罗隆基亦追至，王又逃到昆明，罗亦追到昆明，王干脆经印度前往英国，罗隆基在《无家可归》中写道："她是坐飞机走的。如今我望着天空就害怕，运财行中仿佛有无量数的她在望着我似的。"

报纸说她是王又嫁

王右家在英国待了三年后回到北平，听说有个盲人算命准，便和吕孝信去试，盲人断定王右家是部长夫人的命。吕问："如果罗隆基当了部长，又要你回去，你不成了部长夫人吗？"王右家说："我不会回去，更不会因他当了部长而回去。"

王右家给罗隆基去了一封信，附诗一首："但愿得国泰民安，/和平早见，/这一切，还得你多多努力！/公事来了早些来，/让我们再做一次最后的重聚！"可罗隆基反应冷淡，在日记中写道："三日前傅孟真（即傅斯年）见面亦谈到北平遇见王右家的事。我的态度已决定，绝口不谈这个问题。"此时他正和浦熙修热恋。

罗常培曾写信给胡适说："一多、光旦、昭抡极力拉我入伙。我因甚鄙努生（指罗隆基）的为人，没有被他们劝动。"

1947年2月6日，胡适在给傅斯年的信中写道："外国人对我国的观察也有未可一概抹煞之处。例如老兄不喜欢马帅（即马歇尔），但我曾听一个美国朋友说，马帅对中国人士向不下明白坦率的判语，惟对于罗隆基，则曾坦白地说此人一无可取，且不可靠。此可见马帅不是瞎眼人也。"

在罗隆基介绍下，王右家曾主编《益世报·妇女周刊》，抗战期间还写过历史剧《勾践复国》，但未公演。

1948年，王右家嫁给"茶叶大王"唐季珊，唐曾和阮玲玉同居，对阮的死负有责任，对于"老大嫁作商人妇"，王右家的解释是难觅佳偶，唐和罗隆基不是一个圈的，她能接受。当时报纸起标题称《王右家成了王又嫁》。

经营失败，晚景凄凉

1949年后，王右家和唐季珊逃到台湾，唐公馆一度门庭若市，唐纵、张道藩、王宠惠等人是常客，1958年，王右家编导的历史剧

《龙女寺》公演，反响不错。不久，唐季珊为一酒吧女另筑别室，1959年，王右家带着儿子去香港创业，满盘皆输。

王右家名声远播，因曹禺将她写进话剧《日出》中，不过曹禺自己说："触发写陈白露的还有当时的艾霞、阮玲玉的自杀事件……这一切都汇集起来了，才有了陈白露的形象。"可导演黄佐临却说："曹禺跟这个王小姐是有交往的，相当熟悉的，他自己就是方达生了……在重庆时，曹禺常提起这个王小姐，他还陶醉那段生活。"

黄的这段话，为"四角恋爱"提供了"佐证"。但事实上，曹禺当时正和郑秀恋爱，且方达生的原型并非"自己"，而是作家章靳以，章并未与王右家发生过恋情，他初恋情人姓陈，向往商业，二人最终分手，曹禺见章太痛苦，曾找陈小姐挽回，但没成功。

曹禺的父亲和王右家的父亲曾是同僚，两人母亲曾结拜，显然，陈白露是综合的产物，王右家不过是"一下子把我写陈白露形象点燃起来了"。

唐季珊晚年经营失败，只好"每天抱着一包茶叶到处零卖以混过日子"。

1965年12月7日，罗隆基因心脏病去世。

1967年，王右家病逝，因钱不够，朋友只好找殡仪馆，希望打个折，办事人说：从没见过死人减价的，后馆主人允诺分文不取。火化前，唐季珊突然跪在王右家尸体前，痛哭道："你我都错了！我们当初如果不来这里，就不至于死无葬身之地吧……"

（《作家文摘·合订本》总第260期）

佳人自鞚玉花驄

吕碧城和沈佩贞

· 王开林 ·

民国时期，女权运动波澜壮阔，论列其先驱者，绝对绕不开吕碧城和沈佩贞二人。尽管她们的表现大相径庭，但虎头蛇尾倒是其相同之处。

性情洒脱吕碧城

吕碧城（1883—1943），号圣因，安徽旌德人，出身于书香门第，是清朝翰林吕佩芬的族侄女，她与三位姐姐（吕惠如、吕美荪、吕坤秀）均为美女和才女，也都与教育事业缔结过良缘。

早年，吕碧城即具有新思想，见识超卓，不肯拘守于闺阃之中。她只身北上，羁旅津门，无奈一无所遇，闷极无聊，于是撰成一文，投寄《大公报》，主笔英敛之赞赏有加，初晤之后，更惊为天人。嗣后，英敛之将吕碧城介绍给京津两地的硕学鸿儒，其中就有名动天下的大翻译家严复，还有学部大臣严修。严复器重吕碧城，留居家中，教她逻辑学。吕碧城受到多方激赏，文思更富，胆气更强，遂在《大公报》上连续发表鼓吹女子解放和宣传女子教育的文章，在社会上引起了广泛的关注和强烈的反响。

1904年5月，秋瑾专程赴天津寻访吕碧城，两人一见如故，此后交往密切，秋瑾曾劝导吕碧城加入革命党，后者回信婉拒。

1904年9月，北洋女子公学成立，清廷学部大臣严修推荐吕碧城出任总教习，傅增湘为监督（校长）。两年后，北洋女子公学易名为北洋女子师范学堂，吕碧城升任监督，年仅23岁，她是中国女性担任此类教职最早的数人之一。

1907年春，秋瑾主编的《中国女报》在上海创刊，发刊词即出自吕碧城的手笔。这年7月15日，秋瑾在绍兴遇害，吕碧城用英文撰成《革命女侠秋瑾》一文，刊登于美国纽约、芝加哥等地的报纸上，立刻引起国际反响，也引起清廷鹰犬的注意，直隶总督袁世凯就一度动过逮捕吕碧城的念头。最为吊诡的是，后来袁世凯做了民国大总统，竟又聘用吕碧城为总统府顾问将近四年，还称赞她为"女子模范"。但等吕碧城一旦察觉袁氏意欲称帝加冕，即飘然离去，漫游欧美。

掌故大王郑逸梅介绍吕碧城，有这样一段话："碧城放诞风流，有比诸《红楼梦》的史湘云，沾溉西方习俗，擅舞蹈，于乐声玲玎从中，翩翩作交际舞，开海上摩登风气之先。"她特别喜欢小动物，因为爱犬的缘故，两次与人打官司。吕碧城早年有过感情创伤（遭男方退婚），因此抱定独身主义，视婚嫁为畏途。她曾说："生平可称心的男子不多，梁启超早有家室，汪精卫太年轻，汪荣宝人不错，也已结婚，张謇曾给我介绍过诸宗元，诗写得不坏，但年届不惑，须眉皆白，也太不般配。"中年之后，她就望峰息心了。吕碧城不仅长袖善舞，而且多金善贾，积下大笔资财，生计无忧。晚年她在英伦结下佛缘，毅然断荤。

"洪宪女臣"沈佩贞

鲁迅在《关于妇女解放》一文中提到过沈佩贞："辛亥革命后，为了参政权，有名的沈佩贞女士曾经一脚踢倒过议院门口的守卫。不过我很疑心那是他自己跌倒的，假使我们男人去踢罢，他一定会还踢你几脚。这是做女子便宜的地方。"鲁迅的怀疑精神时时警醒，也让读者不敢大意。

从现存的史料来看，沈佩贞确实胆色出众，勇力非凡，所言所行惊世骇俗，是个逢魔斩魔、遇佛杀佛的大怪胎。她早年留学日本，成为中国同盟会会员。辛亥革命时期，她加入杭州女子敢死队，嗣后又组织女子尚武会，巾帼不让须眉。

民国初年，沈佩贞的名头十分响亮，她代表了追求权势的另类女性，为达目的，不择手段。她有姿色，有心计，更有一般女子所没有的胆魄，因此她能把民国政坛的那些"大头鱼"一网打尽。

武昌首义后，湖北大都督黎元洪即成为这位皖籍时尚女郎的入幕之宾，事后，黎氏致送一万元"酬金"（也有说是封口费的），算是彼此两清。然而黎元洪的宠妾黎本危侦知奸情，大泼其醋，闹得黎元洪里外不是人。

沈佩贞的囊橐中有了充足的银两，打马进京，就比寻常北漂女子更有底气。她早就瞄上了北洋政府的首任内阁总理唐绍仪，可是由于府院争权，唐绍仪与袁世凯失和，负气出走，沈佩贞的如意算盘落了空，但她并不气馁。当时，中国最有权力的男人莫过于袁世凯，沈佩贞深知袁氏本性，好色且好淫，家中除了正室于氏，还有九房姨太太。这种男人的弱点一目了然，她要拿下他不会是什么天大的难事。具体操作时，功夫仍要先从外围做起，仅仅三招两式，她就使步军统领江朝宗和武卫军司令段芝贵拜倒在她的石榴裙下，认前者为义父，认后者为义叔，有了双保险，再与袁世凯攀上瓜葛，就顺理成章了。

嗣后，沈佩贞如愿以偿，江朝宗为她设总办事处，名为赞助帝制，实则是私人会所，段芝贵等政府要员下班后，就到沈佩贞的总办事处来饮宴和"办事"，那些地方官员来京城攀高枝谋位置，就径直到沈佩贞的总办事处走门路，说是车马塞途、门庭若市，半点不夸张。沈佩贞施施然往来于总统府。有了"总统府顾问"这块金字招牌，沈佩贞筹钱方便，行事利落，她借总办事处为机关，纠集一群"女志士"，结纳政府要员，与权贵日夜周旋，为帝制摇旗呐喊，上演劝进的丑剧，声势之煊赫，令外界为之侧目。

由于种种出格出位的表演，沈佩贞成为京城大红人。

沈佩贞败就败在她的嚣张气焰上。《神州日报》指名道姓揭露沈佩贞与步军统领江朝宗等人的阴私，在京城醒春居酒楼"划拳喝酒嗅足"的那幕活剧，丑态更是被刻画得栩栩如真，令人掩鼻耻笑。沈佩贞恼羞成怒，她请江朝宗派出九门提督府的卫兵护驾，然后率领刘四奶奶、蒋三小姐等二十多名"女志士"，去南横街汪彭年（《神州日报》主笔）的私宅大耍雌威，不仅捣毁了汪府的家具、字画和古董，而且打伤了在汪府客居的众议员郭同。这个乱子沈佩贞闹大了，郭同不肯善罢干休，将她告到首都地方审判厅。媒体虎视眈眈。事已至此，沈佩贞的靠山都不敢露面左袒，来为她出头了。于是，郭同胜诉，沈佩贞被判拘役半年，她当庭大哭道："他人叫我打神州报，我却受罪。"足证其幕后另有推手。这桩刑案走的当然只是过场，沈佩贞很快就被江朝宗保释出狱。从此以后，冰山失靠，气焰渐熄，"洪宪女臣"沈佩贞威风不再。

（《作家文摘》总第 1705 期）

婉容：不驯服的"末代皇后"

·周　进·

1932年3月7日，末代皇后婉容御用裁缝春儿一家三口作为溥仪的随行人员，从大连乘火车到达长春。火车将要到长春火车站时，婉容派人把春儿找到她的车厢，叫他把随身携带的衣箱打开，婉容要穿上最漂亮、最体面的衣裳。东北是她的老家，是大清王朝的发祥之地，她作为末代皇后，此次来到东北颇有衣锦还乡的意味。

火车到站了，欢迎的人们看到，溥仪身边的皇后身穿紫貂皮大氅，头戴蓝狐皮帽，高贵典雅。春儿为婉容准备的那套礼服并没有穿在身上。

后来，春儿从溥仪的贴身侍卫大李的嘴里得知，由于郑孝胥的极力阻拦，婉容才没穿上那套礼服。那是一套在宫中举行大典时才穿戴的礼服。礼服主要包括一件绿色的二则团龙暗花绸缎女袍，外罩一件银白色的银狐裘皮瑞罩，脚穿紫缎钉绫凤戏牡丹高底女鞋。胸前佩戴三挂朝珠：一挂东珠，两挂珊瑚珠。除此之外，还有彩帨、金约（额头装饰）、领约（类似项圈）、耳饰。

溥仪第二天就要举行"执政"就职典礼,春儿按照郑孝胥的要求,为溥仪准备了一套西式大礼服,为婉容准备了一套西式裙装。而婉容则坚持要穿昨日下火车时准备的那套礼服。

溥仪劝说婉容:"事已至此,穿什么衣裳都无所谓了,凡事都应该忍耐!"

婉容反驳道:"怎么能无所谓呢?我是大清王朝的皇后,我的穿戴,应该符合祖宗留下的规矩。"

就职典礼上,溥仪和婉容的穿戴,一个西式,一个中式,看上去非常别扭,显得不伦不类。据说,让溥仪穿西式大礼服是日本人的意思。

长春,新的希望

长春似乎又给了婉容新的希望。婉容在缉熙楼的房间里时时传出阵阵欢快的钢琴声,有时还能听到婉容用英语演唱的歌声,此时人们看到的是一个充满活力的皇后。

大李私下里对春儿说,如今皇上要励精图治了。自从皇上出了紫禁城后,一直四处奔波,空怀一腔抱负,却无力回天。如今,皇上有了自己的基业,恢复大清江山,就是指日可待的事了。溥仪想得更远,恢复了祖宗的基业,将来自己百年之后,由谁来继承呢?时至今日,他的皇后和皇妃都没能给他生出一儿半女来。如果把江山传给旁系的子侄,他又于心不甘。文绣已离他而去,他便把生育皇子的希望寄托在婉容身上。因此,溥仪对婉容表现出少有的热情,如同一对新婚的夫妻,恩恩爱爱。白天,溥仪一早便到勤民楼办公。晚上,很晚才回到缉熙楼。

表面上，婉容并不干预政事。但她心里却与溥仪的想法是一致的。当年溥仪把她娶进宫的时候，虽说仪式是按照皇帝大婚的礼仪，但那时溥仪已经退位，皇后只不过是徒有虚名而已。她渴望着有朝一日自己能够成为大清王朝真正的皇后。为了达到这个目的，她可以忍让、迁就、委曲求全。但原则问题却决不能退让一步。比如，在溥仪的就职典礼上，她一定坚持要穿宫廷礼服。她的目的是让所有的人都明白，她是大清王朝的皇后。

穿不上龙袍的"皇帝"

1933年10月，溥仪派人到日本探听消息，得知日本军部方面同意在"满洲国"实行帝制，准备承认溥仪为"满洲帝国"皇帝。

得知这个消息，溥仪欣喜若狂。婉容在一旁提醒他，在皇帝的"登基"大典上，皇上一定要穿上龙袍。春儿为此特意跑了一趟北京，将存放在荣惠太妃那儿的一件龙袍取回来。但回来后，婉容却对春儿说："你们这趟北京可能要白跑了。"

她的语调平静，嘴角却在微微颤抖。

春儿十分不解，问："怎么会白跑呢，皇上不是就盼着龙袍吗？"

婉容说："皇上是盼着龙袍，可日本人不让他穿。他们说，日本承认的是'满洲国皇帝'，不是'大清皇帝'，因此，他们不允许皇上穿龙袍，只能穿关东军指定的'满洲国陆海空军大元帅正装'。他们不但不许皇上穿龙袍，也不许我穿朝褂。"

春儿愤愤地说："日本人也太霸道了！"

婉容大声说道："日本人管得了皇上管不了我！登基大典上，我就是要穿朝褂，非穿不可。"

婉容贴身的太监王福祥低声说："娘娘，小心让日本人听见。"

婉容厉声道："怕什么？我就是想让他们听见。当年，太宗太祖没有日本人帮忙，不是照样打下了江山，开创了基业。如今，凡事都要听日本人的，我们一忍再忍，究竟要忍到何时？"

这场争执，后来由于双方都作了一些妥协，才得以解决。最后日本人同意溥仪穿龙袍去祭天，但"登基"大典则必须穿元帅正装。

1934年3月1日，溥仪和婉容身穿龙袍朝褂，来到长春郊外的杏花村，登上了临时垒砌的土台，行了告天即位的古礼。回到执政府后，溥仪匆匆换上大元帅正装，而婉容却仍然身着朝褂。日本人发现之后，由驹井德三代表关东军向郑孝胥提出疑议，郑孝胥急忙来到婉容身边，提醒她该换衣裳了。婉容故意做出着急的样子说，换什么衣裳？事前就准备了这件衣裳，这可怎么办呀？"登基"大典马上就要举行，不可能因为婉容的服装问题而推迟。于是，人们在"登基"大典上看到了奇怪的一幕——溥仪身穿大元帅正装，而婉容则是一身宫装打扮。

积怨日深

从"登基"大典的着装问题上，日本人已经看出婉容的"不合作"态度。要在"满洲国"进行殖民统治，靠的是溥仪这个傀儡，皇后婉容并不能起到决定性的作用。但是，婉容对溥仪的影响却不容忽视。在一次"御前会议"上，驹井德三大谈日本人来到满洲是为了"中日亲善"，是为了建立"王道乐土"。会后，溥仪大发牢骚："什么乐土？简直是灰土！"日本人经过暗中调查，发现这句话虽然是溥仪之口说出的，但根源却在婉容那里，婉容曾经在各种不同的场合说过这句话，可见她对日本人的统治怨恨之深。

1934年6月，为了祝贺溥仪就任"满洲帝国皇帝"，日本天皇的弟弟秩父宫雍仁来到长春。在欢迎秩父宫的前一天，婉容特意把春儿找来，让他把那套宫装礼服准备好。在欢迎秩父宫的仪式上，人们看见的是一位身穿清朝宫廷礼服的皇后。宴会之后，婉容又穿着这套礼服，与秩父宫一起合影。当时，秩父宫雍仁对婉容的服装有何想法，人们不得而知，但是在场的日本人却当即向郑孝胥提出了抗议。

到了7月，溥仪的父亲醇亲王来到长春。溥仪派出一队护军到火车站迎接。那天，溥仪穿的仍然是那套元帅正装，而婉容也仍然是宫装打扮。这样的打扮，同样引起了日本人不满。宫内府大臣宝熙告诉溥仪，日本关东军派人来，抗议"满洲国"武装护军去火车站，违反了"日满协议"；同时也对婉容的装束提出了抗议。从那时起，日本人就有了将来物色一个更听话的傀儡，取代溥仪的想法。对于婉容，日本人更是恨之入骨。

穿着朝褂入睡

溥仪在来长春之后，曾经发誓要生育一个皇子。但是一年多过去了，婉容并没有怀孕的迹象。溥仪对婉容的热情渐渐冷淡下去。这使婉容非常痛苦。日本人使她受到的屈辱，她都能忍受，溥仪对她的冷漠却使她无法忍受。她时刻提醒自己，她是大清王朝的皇后，但一个不被皇上喜欢的皇后又算个什么皇后呢？

自从迎接秩父宫雍仁之后，溥仪为婉容制定了几条规矩：未经允许，不得跨出宫内府的大门；不得在各种公众场合露面；不得谈论与政治有关的话题……这到底是溥仪的主意，还是在日本人的授意下作出的规定呢？总之，人们在各种正式的场合里，再也见不到那位衣着鲜丽、风度翩翩的皇后了。

接二连三的打击，使婉容的精神处于巨大的压力之下，夜里常常因为头疼而无法入睡。最初的一些日子，她要求春儿把那套在重大仪式上才穿的朝褂取来，按照规矩，一丝不苟地穿戴起来，然后端坐在椅子上。这时她的情绪才能稳定下来。后来，她的神经衰弱症越来越厉害了，脱下朝褂，她便神魂不定，无法入睡。太监们不忍心看着婉容被疾病折磨，就伺候她穿着朝褂就寝。太监们也知道，这虽不是什么万全之策，但至少可以让婉容安然入睡。这时的朝褂，在婉容心目中，是精神的寄托，是护身符，是灵丹妙药，是她的生命赖以生存的唯一支柱。

（《作家文摘》总第917期）

我家的两代凤凰：慈禧和隆裕

·叶赫那拉·根正　郝晓辉·

隆裕的小名儿叫喜子

在家族里，人们总是管隆裕叫静芬。但爷爷告诉我，静芬只是她的大名，她的小名儿叫喜哥，后来家里人叫白了，都叫她喜子。

喜子可以说是爷爷的三个姐姐里边最懂事的一个了。爷爷的大姐是家里第一个孩子，所以家里一直很娇惯，她长相非常漂亮，但性子急躁，家里的事情几乎不怎么管。爷爷的三姐，是一个平时不怎么说话的人，但脾气也非常暴躁。只有爷爷的二姐喜子，无论是才华还是性格，都很出色。当年喜子与她的姐妹一起读书，她几乎把老师教的东西都掌握了时，她的姐姐和妹妹也只学到一半的功夫。

所以后来，喜子无论是书法还是绘画功底都要比自己的姐妹好。

等喜子长到 14 岁的时候，就已经显示出了一个大家闺秀的气质。温柔娴静，处理事情也非常圆满，从来不多说一句话，但很能干。慈禧也经常听家里人说起这个侄女，觉得她很不错，所以一定要把她接到宫里来。

委屈的皇后

人们都说慈禧和隆裕是我们家出的两位凤凰，说慈禧在宫中如何袒护隆裕；隆裕如何在慈禧面前告珍妃的黑状，如何心胸狭窄。我觉得如果没有证据，这样说对隆裕很不公平。

当年隆裕曾经对爷爷说过这样的话："我知道在这个皇宫里，大家都不喜欢我，我也不明白为什么大家都不喜欢我。我每件事情都尽量做得小心，能忍则忍，能让则让，可为什么大家对我还是这样？当年恪顺皇妃（珍妃）买官卖官的事情，我从头到尾不知道，可最后人们把这件事情怪罪在我的头上。我替恪顺求情，不但招来老太后的记恨，恪顺也给了我很多白眼，可能认为是我告的状吧。皇上对我也很有意见，好像这件事情真的是我做的一样。有头脑的人想想也知道，皇上和恪顺把我当作眼中钉，他们那么私密的事情，怎么可能让我知道？他们恨不得我死了，能给他们腾出地方来。

"最让人伤心的就是老太后，别人都以为我是她的亲侄女，所以她处处袒护我，可事实根本不是这样。恪顺喜欢绘画，我也喜欢绘画，但老太后喜欢恪顺，所以专门请了一位很有名的画师来教她。不过这也没有让恪顺对老太后有丝毫的好感。当时瑾妃也跟着学画，虽然表面上看瑾妃没有恪顺那么机灵和聪明，但在绘画这些方面，恪顺真是没有任何天赋。她的天赋全用在了争权夺势上。所以她的绘画水平最后也没有瑾妃高。当时没人教我，不过我小时候也是学过琴棋书画的，虽然羡慕她们，但我的水平和技巧一点也不比她们低。宫里总有人说恪顺这个好那个好，说她怎么机灵、怎么灵巧。可说实话，我真的没看出她灵巧在什么地方。不过要说机灵，那是肯定的，她不仅一进宫就把老太后哄好了，没几天也把皇上哄好了。恪顺哄人的功夫是天生的，如果是后天学，就她那么小的岁数，得怎么个学法啊？我是没那本事。

"老太后有时候并不像人们想象的那么威严，尤其是对待恪顺和瑜妃的时候。这么多年，谁敢在老太后面前撒娇？我是从来没有过的，但恪顺和瑜妃就经常这样。而偏偏老太后吃这个，所以我的日子就变得更艰难了。恪顺她们总是时不时地闹出点是非来，而最后被老太后责骂的，肯定是我。"

珍妃不是块美玉

当年的《宫女谈往录》中的老宫女虽然那么喜欢珍妃，也说了这么一句话：提起珍妃来，她并不是块美玉，更不是出淤泥而不染的人物。她也弄过权，卖过爵，只是在老太后的严威下哪能容她更加放肆。

我看到太多对光绪和珍妃的同情文字了，这些文字有意无意给后人造成了错觉。其实人总是有欲望的，珍妃经常很大方地给太监和宫女赏赐，所以在宫里很少有人说珍妃不好。可珍妃是有打算的，她这么做就是想笼络一帮人，组成自己的党派，只要能在这个基础上，把皇上笼络住，将来的皇后就是自己的。所以珍妃在很多事情上讨好光绪，同时打击隆裕和瑾妃。瑾妃是她亲姐姐，可只要挡住她前程的人，她都不会放过。

很多说法表明，为了让女儿当上皇后，珍妃家中也曾经贿赂过大太监李莲英。而后来，珍妃一系列的行为也充分表明了她对皇后位置的觊觎。珍妃确实有做皇后的本钱：年轻漂亮、聪明能干。但因为隆裕的出现，珍妃的皇后梦想破灭，于是，拿人家手软的李莲英就极力把瑾妃也弄进宫来做光绪的妃子，用两个妃子换一个皇后。

隆裕曾对我爷爷说："在这个宫里，不管是老太后还是皇上，大家一起宠着珍妃。珍妃变得无法无天。不单看我不顺眼，有时候连老太后都得看她脸色。老太后这一辈子看过谁的脸色啊？慈安皇太后去世后，珍妃是唯一一个能让她看脸色的人，连皇上都不能。

"有故事可以说的。当年老太后宫里的太监根本不把我们这些人放在眼里，连我去拜见老太后，都要给门口那些太监红包，否则他们不给禀报。珍妃和瑾妃就更是如此。

"有一次，珍妃去给老太后请安。到了门口，太监们照例向珍妃索要红包。那天珍妃气不顺，脸一沉，大声告诉那些太监：今天，珍主儿没有银子给你们了。抬脚直接走了进去。到达老太后的寝宫后，珍妃的气还没消，就连珠炮似的向老太后揭发了这些太监对后宫嫔妃们的勒索和欺诈。并且告诉老太后，宫里的开支如此之大，很大一部分都是这些太监搞的鬼。珍妃说得慷慨激昂，并且声音越来越大。最后珍妃对老太后说：请求老祖宗千万不要让这些小人再肆意妄为，应该制止陈旧的陋俗和规矩，整肃整个宫廷。否则宫廷内部肯定是开支越来越大。

"谁敢在老太后面前这么说话啊？珍妃是第一个。并不是她有什么一针见血的本事，是因为她岁数太小，仗着老太后宠她，什么都不怕。她知道，这个皇宫里，甚至整个天下最有威严的两个人都宠她，她还有什么顾忌呢？在场的人都吓坏了，因为在老太后面前这么说话就是忤逆，可老太后脸色都没变一下，拉着珍妃的手说：我的好孩子啊，你别这么生气了。看为这些奴才气坏了身子，多不值得啊。你先消消气，去去火。然后吩咐人赶紧给珍妃上茶。又对珍妃说：这些不争气的东西，看我怎么狠狠地教训他们，连我的小珍主儿都敢欺负，我是绝对饶不了他们的。来，先喝点茶，回头我再找他们算账！

"当时我惊呆了。谁知道，珍妃在大家从老太后寝宫回来的路上竟然对我大加责问，说：皇后娘娘，你到老太后这里来也要给太监们红包吗？你为什么要这么纵容他们？我一下子愣住了，她真是被宠得有些无法无天了。我告诉她：宫里似乎一直是这么来的，我也没想破例。珍妃非常不满，转身走了。"

有人说正是从这时开始，宫里的太监们对珍妃开始记恨，时不时在慈禧面前说珍妃的坏话。

生命最后的价值

爷爷说隆裕曾经是个活泼健康的女孩子，但进宫没多久，就开始消瘦下去。她进宫10年以后，爷爷已经长成一个健壮的青年，在皇宫里做御前侍卫。这个时候，是爷爷长大后第一次看到自己的姐姐，竟然快认不出来了。爷爷说："她非常消瘦，两颊早已凹陷下去，双肩下垂，脊背佝偻着，显得非常老迈。憔悴的脸色让人看着特别心疼。这哪里是一个皇后应该有的样子？"

隆裕做皇太后时，爷爷也曾经被招进宫里去，发现隆裕似乎比之前胖了，腰背也挺直了很多。大概是这个时候压力小了的缘故，脸上有了些血色。但内忧外患，隆裕一点都不轻松。

当46岁的隆裕去世后，整个灵堂，竟然只有一个年幼的溥仪表现得非常悲伤，其他人则显得麻木不仁。当年的《中华时报》这么评价隆裕：

己丑年嫁光绪帝为嫡后，秉性柔懦，失西后欢，犹与光绪帝感情不洽，抑郁深宫二十余年。既无可誉，也无可讥。惟清廷退位，后力居多，将来共和史中亦不失有价值之人物也。

而民国时期的副总统黎元洪也认为隆裕对中国的共和起了很大作用，所以不吝用"女中尧舜"这样的词语来形容她。对于隆裕来讲，这些足以证明她还是一个有价值的人物，这就够了。

（《作家文摘》总第 1154 期）

贺子珍与李敏：母女的不同人生

·刘 畅·

贺子珍孤独半生

毛泽东与贺子珍的浪漫往事，牢牢印在贺子珍哥哥贺敏学夫人李立英的脑海里。毛泽东唯一的外孙女、李敏的女儿孔东梅正是从这位"舅奶奶"那里，知道了这段爱情。她写道："在井冈山，外公经常去看望外婆。每次他要远行的时候，就会敲敲外婆的窗户说，'我要走了。'外婆就把窗户拉开一条小缝。她很奇怪，'你走就走吧，为什么要对我说？'当时外婆有个心上人，叫欧阳洛，也是一个革命者，后来牺牲了。外公懂得外婆的心思，他看中外婆有文化，也有性格，一直追求她。"

通过在工作中的接触，贺子珍渐渐对毛泽东有了依赖感，遇到什么事，总喜欢找他倾诉。1928年5月，毛泽东和贺子珍在井冈山结婚，开始十年婚姻生活。孔东梅说，这十年，是中国革命最为艰苦的岁月，是外公政治生涯最为艰难的时候，却是外婆一生中最灿烂的年华。孔东梅说："外公曾经讲过，'贺子珍跟了我这么多年，受了很多苦，但她是对我最好的一个女人'。"

新闻记者王行娟根据贺子珍晚年的回忆分析，作为一名红军女战士，到延安后的贺子珍对于"夫人"身份，很不能适应。"她是一个真正有着崇高革命理想的人，在枪林弹雨中过惯了，要把重心转到做毛泽东的秘书工作，她心里不痛快。"孔东梅则认为："外婆到了延安后，发现自己的文化水平跟不上，当时延安有很多进步女性，这让她有很深的思想包袱。外婆曾经讲，'我也是17岁就参加革命的，思想上还是很进步的，老毛和我吵架也行，但是后来连吵都不吵，隔阂越来越大。'"这些都使得贺子珍在1937年冬离开延安，远走苏联。

贺子珍是怀着身孕上路的，1938年10月，贺子珍在莫斯科生下了她与毛泽东的儿子，取名柳瓦。不幸的是，小柳瓦6个月大时，因传染上流感而病死。1939年9月，刚满30岁的贺子珍突然收到了毛泽东委托周恩来转交的一封信，信中委婉地表示了要终止婚姻关系。孔东梅说："外婆刚失去一个儿子，又收到这封信，这种刺激可想而知。"

此时，毛泽东和杨开慧所生的儿子毛岸英和毛岸青，也在苏联东方大学八部学习。贺子珍悉心照顾他们的生活，每月从70卢布的生活津贴中挤出钱来为他们买东西。但早期她从没点破自己的身份。岸英和岸青一直以为，这位好心的阿姨是因为喜欢孩子才这么照顾自己的。他们叫她"贺妈妈"。1941年底，毛泽东把贺子珍在1935年生下的女儿李敏送到苏联。李敏的到来，给贺子珍带来了短暂的快乐。在异国他乡，她与三个孩子相依为命，组成了一个临时的家。

孔东梅曾经读过外婆晚年写给外公的一封信，"那封信很长，看后让人心酸。外婆说，在苏联的日子比长征还苦。为了养活我妈妈、岸英舅舅、岸青舅舅，她要彻夜织毛袜子，洗衣服，周末还要去伐木。家里有时还没有吃的，没有劈柴，冬天屋子里都结了冰……"

直到1947年8月，在王稼祥夫妇的帮助下，贺子珍带着李敏、岸青回到中国东北（岸英已于1946年回国）。建国后，李敏和岸青回到毛泽东身边生活。孔东梅说："根据妈妈回忆，那时候外婆曾经考虑过要开始新生活，她曾向一位老战友讲，她有两个心愿：第一，不要因为她曾经做过'第一夫人'，就把她'禁'起来；第二，她希望见一见外公，说句话，握个手就行。"

这个心愿，直到12年后才实现。1959年第一次庐山会议期间，毛泽东与贺子珍在庐山会面。这是毛泽东与贺子珍分别22年后，唯一一次，也是最后一次见面。平时，则是李敏作为贺子珍和毛泽东之间的桥梁，往来于上海和北京之间，传递消息和礼物。

李敏一辈子相夫教子

被问到母亲李敏时，孔东梅一连串地说了很多很多：

"妈妈很朴素，我从来没有见她戴过一件首饰"；

"妈妈特别温柔，特别谦让别人，非常爱孩子"；

"妈妈当年挺难的，她夹在外婆和外公之间，性格又不是很泼辣，既要为外婆豁得出去，又要顾及外公很多……"

在孔东梅看来，母亲李敏的命运也十分坎坷。"但妈妈的婚姻是很成功的，她和父亲自由恋爱，我经常开玩笑说他们是早恋。他们一辈子非常相爱，这同时也是我和哥哥的幸运。"

李敏曾告诉采访她的记者王行娟，她在俄罗斯有过一段非常快乐的时光。那里不仅有她的妈妈，还有她两个哥哥毛岸英和毛岸青。然而，在父母"分手"之后，她发现妈妈的脾气也越来越坏。她有时候觉得妈妈"太厉害，甚至有些狠心"。但她知道妈妈对她的爱是无私的。后来，贺子珍被强行送进精神病院，娇娇被留在伊万诺沃国际儿童院，开始了一种孤儿般的生活。

1949年初夏，娇娇回到了毛泽东身边。李敏曾告诉王行娟："和爸爸在一起的那段快乐时光，太短暂了。"1949年9月，江青带着李讷从苏联考察归来，家里的气氛变得不一样了。江青对娇娇的评价，从开始的"文静""听话"，逐渐变成了"倔脾气""娇气"；而贺子珍又不愿意让娇娇叫江青妈妈，这种矛盾不断激化。娇娇夹在中间，生活中所受到的压抑，可想而知。

1959年，在北京师范大学读书期间，李敏和北京航空学院的高材生孔令华结了婚。孔令华是炮兵副司令孔从洲的儿子，也是李敏在中学时的同学。这桩婚事得到了毛泽东的赞同。婚后，李敏和丈夫住在中南海。因为江青常常寻衅滋事，李敏考虑再三，向爸爸提出搬出去住的打算。毛泽东听了也没有阻拦，只是颇有感触地说："手心手背都是肉啊。"

自从搬出中南海，李敏夫妇出入中南海就变得十分困难。

毛泽东晚年，江青更加飞扬跋扈，李敏等人要见毛泽东一面更难。从爸爸患病到逝世，李敏总共见过他三次面。

第一次是陈毅逝世时，毛泽东出席追悼会。他见到李敏，拉着女儿的手说："娇娇，你为什么不常来看我呢？你要常来看我啊。"李敏不便向他诉苦，只是含泪点点头。第二次是李敏接到堂弟、时任中央政治局"联络员"毛远新的电话，说主席病重，让她赶紧去。等李敏赶回来去见爸爸时，江青只许她看一眼就走："主席抢救过来了，好多了，你走吧。"李敏不肯走："这个时候我要守候在爸爸身旁。"江青冷硬地说："你待在这里，主席出了问题，你负得起责任吗？"

李敏第三次见到父亲，是在父亲逝世前几天。他拉着李敏的手说："娇娇你来看我了？你为什么不常来看我呢？"李敏无言以对，只能默默流泪。

离开毛泽东后，李敏的日子一直过得很简朴，有时甚至很清苦。据王行娟介绍：李敏夫妇一直都是靠工资吃饭，和普通家庭一模一样。当年，李敏和丈夫都在国防科委上班，工资不高，不仅要抚养两个孩子，每个月还要另外寄些零用钱给母亲贺子珍。

面对这种艰苦的生活，李敏不但毫无怨言，还显得非常适应。她让儿子穿丈夫穿过的衣服，孔东梅也穿过哥哥的衣服。王行娟对此颇为感慨："李敏太节俭了，有时候连她的丈夫都不能理解，两人还为此闹过一些小别扭。李敏现在走在大街上，也几乎没有人能够认出她，就是一个普通的老人。"

（《作家文摘》总第 1154 期）

晚年隔海相望的宋氏三姐妹

·何大章·

三姐妹天各一方

1944 年 7 月 9 日，宋霭龄和妹妹宋美龄同机前往巴西治疗荨麻疹。宋庆龄到机场送行。在 7 月 16 日致杨孟东（美籍华人，孙中山好友杨逸仙之侄）的信中，宋庆龄说："我希望她们的荨麻疹能治好，到秋天就回来。"但她万万没有想到，这次送行是她和大姐的永别。9 月，宋霭龄从巴西抵美，1946 年便正式定居美国。

1947 年 6 月 15 日，宋霭龄写信给宋庆龄，说她觉得自己的病情很严重，可能会死。她对妹妹说："如果我有什么不测的话，请记住我非常爱你。"

1948 年 11 月 28 日，宋美龄由上海乘机赴美，为蒋介石争取美援，就此也永远地离开了中国大陆。翌年 5 月 19 日，宋美龄和宋子良从美国写信给宋庆龄："最近，我们都经常想起你，考虑到目前的局势，我们知道你在中国的生活一定很艰苦，希望你能平安、顺利……我们俩都希望能尽我们所能帮助你，但常感到相距太远了，帮不上忙。请写信告诉我们你的近况。"这也是宋美龄与宋庆龄之间的最后一封通信。1950年1月13日，宋美龄抵达台北。至此三姐妹天各一方。

在这以后，宋庆龄和宋霭龄还有过信件往来，但似乎只有过一次。1957年，宋霭龄接到了宋庆龄的信，请她尽快回国相聚。这封信很有可能是通过朋友带去的。因为同时，宋霭龄收到了宋庆龄的礼物。她在回信时还托姚太太带给宋庆龄两块绿色的料子、一件黑色开司米的毛衣、一副黑手套和一条开司米围巾，作为回礼。

1969年2月底，宋家六兄妹中年纪最小的宋子安因脑溢血在香港去世。遗体运回旧金山，于恩典大教堂举行追思会。除了宋庆龄之外，宋家兄弟姐妹全数到场。宋子安与宋庆龄一向感情最好，但时值"文革"，宋庆龄根本不可能到没有外交关系的美国去参加弟弟的葬礼。

赴纽约参加宋子文葬礼，突生变故

1971年4月25日，宋子文在美国去世。

据香港《文汇报》称，尼克松和基辛格为了进一步推动中美两国外交的进程，通过一位与宋子文有关系的美籍华人，邀请在中国大陆的宋庆龄、在台湾的宋美龄以及留居美国的宋霭龄三姐妹前来纽约参加宋子文的葬礼。北京当天回电通知美国："宋庆龄副主席赴美参加宋子文的葬礼，由于中美尚无直达航班，现在通过美国航空公司联系专机，经伦敦飞美国。"同时，尼克松总统也得到消息，宋霭龄将来参加胞弟的葬礼；宋美龄已经乘专机由台湾起程来美，当晚在夏威夷休息，拟在翌日直飞纽约。

　　但事情突然出现变故，宋美龄在抵达夏威夷后，接到蒋介石的急电，请她暂不飞纽约。疑惑中，她买来当天的美国报纸，得知宋庆龄也准备来美参加葬礼，于是立即打电报通知了宋霭龄。宋霭龄因此临时决定不参加胞弟葬礼。

　　就在宋子文葬礼的前一天，中国政府通知美方，由于包租不到专机，宋庆龄副主席不能应邀赴美参加葬礼了。美方立即把这一消息通知蒋、孔两家，希望大姐宋霭龄、小妹宋美龄能赶来参加葬礼，并指出这无论对死者还是生者都是一种安慰。但由于担心是"统战陷阱"，宋美龄索性掉头飞回台北。就连定居在美国的宋霭龄也仍然犹豫不决。为了等待宋霭龄的到来，宋子文的葬礼由上午改在下午进行，但最后仍然落空。宋氏三姐妹失去了最后一个团聚的机会。

晚年宋庆龄渴望与宋美龄相见

　　三姐妹中最早谢幕的是大姐宋霭龄。1973年10月19日，她在美国纽约病逝，享年84岁。

　　宋庆龄的身体也一年不如一年，多种病症的折磨，常常使她痛苦不堪。而越到晚年，她对宋美龄的思念就越发强烈。一旦有了一点希望的时候，宋庆龄就跟身边的服务人员说："我妹妹可能要回来了，你们在接待的时候要注意……"交代得很细。过了几天听到新的消息了，又沮丧地说："可能我妹妹回不来了。"

　　林国才一直被宋庆龄当作家里人。他称宋庆龄"婆婆"（即外祖母）。林国才曾讲过："我外祖父郑强原在美属檀香山经营农场，后来和孙眉结盟成兄弟……"因为工作需要，林国才经常往来于中国大陆、台湾和日本之间。当得知宋庆龄的荨麻疹经常发作，看过许多名医也没有显著的效果，林国才建议她到日本一些有硫磺温泉的地方去治疗。而日本大正制药厂的会长、日本参议员上原正吉夫人上原小技也有意邀请宋庆龄以非官方的身份到日本去疗养一段时间，同时也希望能安排台湾的宋美龄一起到日本，好让她们姐妹重逢。林国才多方奔走联络，协调运作，眼看已经有了些眉目，却功亏一篑。1980年5月29日，林国才从日本过境台北回香港时，因随身带着与宋庆龄的合影，被台湾当局扣留，并以"协助中共四个现代化的罪名"拘禁在台湾绿岛政治犯监狱达6年之久。

1980年12月，陈香梅为宋庆龄带一封信给宋美龄。陈香梅说："信中写到思念之情，并望能安排在某一地点姐妹相见一面。同时也希望国民党把孙中山先生的一些文件归还她。我离开北京去台湾时，舅父廖承志对我说：'孙夫人希望蒋夫人有回信。'信是我亲自交给蒋夫人的，但没回信，再去询问时，夫人说：'告诉她，知道了。'"

早在1979年4月21日，宋庆龄写信给在美国的杨孟东，问："你有没有见过戴维（宋霭龄的长子孔令侃）或者同他谈过话？所有亲属的地址我都没有。"没过多久，宋庆龄的这个愿望就有了结果。

1981年2月27日，廖承志致信宋庆龄，告知已获悉宋美龄在美国纽约的电话和地址。但此时的宋庆龄已经病得很重。病重期间，邹韬奋夫人沈粹缜经常在她身边。有一次，宋庆龄对沈粹缜说："我牵记宋美龄，现在能来就好了。"沈粹缜向邓颖超反映了宋庆龄的心愿。很快回音来了，宋美龄身居美国，那时身体也有病，不能成行。听到这消息，宋庆龄叹了口气，惋惜地说："太迟了！"她叮嘱沈粹缜："国内认识美龄的人不多了，如果她来，你一定要接待她。"

政治沟坎阻碍了姐妹最后一面

宋庆龄的病情严重以后，她的亲属发电报给宋美龄，希望她能够回到中国，在姐姐去世之前见上一面。几天以后，终于收到了一封回复电报："把姐姐送到纽约治病。家。"亲属们对这个反应大为吃惊，宋美龄甚至没有在电报上签上自己的姓名！

1981 年 5 月 29 日，宋庆龄在北京逝世。治丧委员会向在台湾和海外的包括宋美龄在内的亲属发出邀请，希望他们来大陆参加丧礼。这一邀请使台北十分紧张。廖承志曾说："我们发电报邀请宋美龄参加葬礼，蒋经国很恼火，又派人到美国去，又写信去，又通过孔令侃……"蒋经国生怕远在纽约的宋美龄会感情冲动做出什么举动。

当天，宋美龄就对此事做出了明确表态。她自纽约致函在台北的蒋经国："月前廖承志请托陈香梅函报孙夫人病危，廖得彼方最高层同意请余赴北平，陈并告令侃希得一复音，余听后置之不理。""骨肉虽亲，大道为重，我等做人做事须对得起上帝、国家、民族及总理主义、父亲在天灵，其他均无论矣。"

6 月 7 日，她又致函蒋经国："深信若大陆撤退时，余在中国而不在美国图挽回马歇尔肆意报复并一意孤行之短见，或大姨母不在美国而在上海，必可拖其（指宋庆龄）离开。"

宋美龄的话说得很强硬。但她真的是毫无亲情吗？

宋庆龄的表侄女、旅美钢琴家牛恩美曾回忆说："1990 年至1995 年，我差不多每个月都到宋美龄表姑妈家吃午饭。一次，她带我到二楼睡房去看她创作的画和著名画家赠她的画。一进门，我一眼就看到柜子上摆着宋庆龄表姑妈的照片，心里很感触。我借此机会转达了宋庆龄表姑妈对她的问候。"

1996年，宋美龄99岁了，她对陪在身边的宋子安的儿子宋仲虎说："你也晓得，我的姐姐走了，哥哥弟弟也走了。我不晓得为什么上帝还留我在人间。"宋仲虎陪了她一个星期，每天她都提起同一个问题。最后一天，她似乎找到了答案："我想，上帝留我下来，要我引领还不信基督的家人走向他。"宋仲虎说，他觉得她们三姐妹"彼此非常想念，在晚年时非常渴望能碰面，但是时势并不允许"。他说，宋美龄经常挂在嘴上一句话是："如果我姐庆龄还在的话……"

2003年10月24日，三姐妹中的小妹宋美龄，以106岁高龄告别人世。

（《作家文摘》总第1154期）

溥仪生母自杀之谜

·贾英华·

女扮男装

溥仪的生母系内务大臣荣禄之女，小名叫"八妞"。八妞在北京非常有名，大名瓜尔佳·幼兰却很少有人知道。

八妞从小娇生惯养，连慈禧都不怕，丈夫载沣也让着她，可谓名副其实的女汉子。荣禄跟慈禧两个人正秘密谈话呢，八妞不管不顾就闯进去了，慈禧当着荣禄面说宫内只有一个人不怕我，那就是八妞。

八妞平时外表一看就跟川岛芳子（爱新觉罗·显玗，自小被送往日本接受军国主义教育）一样，女扮男装，出入酒馆饭馆，拿一把扇子，看上去很帅的一个爷们儿。

1916年7月，张勋复辟，然而最忙的不是张勋，是八妞。她张罗两件事，第一为即将登基的溥仪找出摄政王的朝服和顶戴花翎；第二就是想让自己的儿子溥杰娶了张勋的女儿，套住张勋，有了张勋这支军队基本定天下，所以，瓜尔佳氏频频地出入宫禁。可是最后结果令她大失所望，张勋复辟12天以惨败而告终。

两次自杀

溥仪逊位之后，醇亲王府分成了两大派，一派是载沣和孩子们，另一派是八姐。关于光绪帝的死因，有多种不同的说法，有一种说法是袁世凯下毒害死了光绪帝，因此，载沣将袁世凯视为仇人是毫无问题的。醇亲王府的孩子们只要一看到画报上有袁世凯的画像，马上把他的两只眼睛抠掉，抠完以后还要扔地上把报纸踩烂。

八姐就不干了，因为袁世凯是荣禄的得意干将，是荣禄一手提拔上来的，所以八姐把复辟溥仪重新登基的希望寄托在袁世凯身上，为此花了大量的钱。最终袁世凯却没能帮她实现梦想。

八姐觉得没面子，在醇亲王府没法活了。有一天，她关上门，梳妆打扮，让仆人把预备好的白酒和鸦片放在桌上。仆人见势不妙，随后向载沣报告，载沣马上赶去劝她，还破例陪了她一宿，因此第一次自杀未遂。

拉拢军阀被骗后，端康太妃认为八姐中饱私囊，再加上溥仪多次顶撞她，气不过的太妃就以"做母亲的没有教育好儿子"为借口拿八姐出气。

1921年9月30日，端康太妃让八姐和溥仪的祖母长跪永和宫大殿外。回到家后，八姐心想：这么多年，皇上都在宫里，我都见不到他，怎么教育他呀。越想越觉得委屈，于是，八姐就将金箔片就着鸦片白酒吞进了肚里，愤然自杀。

溥仪直到去世也不知道生母究竟因何而死，他只是听父亲载沣说母亲是得了一种叫"紧痰绝"（即脑溢血）的急病而死。溥仪生母的死对他的一生产生了不可逆转的重大的影响，那就是两个字："复辟"。

（《作家文摘》总第 1975 期）

邓丽君与新华社香港分社的秘密交往

·牛 钊·

开始与邓丽君的秘密接触

1986年春，新华社香港分社文体部的彭燕燕女士，在一位友人的家庭聚会中，遇到了邓丽君。邓丽君对这位新认识的朋友非常热情，临别时表示，她很想与新华社建立经常性的联系，只是希望对外界保密。

自从中英开始关于香港问题的谈判以来，香港新华分社与社会各界的接触日益广泛。有一部分人士，由于种种原因，与新华分社的联系采取了秘密方式。其中包括一些港英政府的官员，一些著名的所谓"亲英"人士，一些台湾驻港机构的工作人员。

由于邓丽君的特殊身份，她希望保密的要求自然是可以理解的。分社领导层经研究后，确定由我负责，与文体部部长韩力和彭燕燕3人，保持与邓丽君的接触。当时我是中共港澳工委常委、新华分社的副秘书长，文体部的工作在我分管范围之内。

我与邓丽君第一次见面，是在跑马地的亚洲饭店。这是新华社参股的一个饭店，有两层楼房专供一些特殊客人使用。当晚7时，邓丽君如约到达。她明眸皓齿，光艳照人，比照片上看到的要漂亮得多。她不施脂粉，衣着随意。同她一起来的，是位剪着男型短发的麦小姐，据介绍是搞电影的，曾拍过一部以孪生姊妹为内容的片子。过了一个星期，邓丽君设宴回请，地点在利园大道上的麒麟阁酒楼。这家酒楼食客不多，环境幽静。这次邓丽君与麦小姐是直接从某处健身房来的，她神清气爽，红晕生辉，英姿勃发，显出一股青春活力。

去内地演出和旅游的筹划与搁置

在与邓丽君交往时，我发现她从不讳言自己清贫的家世。她说她的父亲是个老兵，刚到台湾时生活相当困难。她小时候割过草、种过菜，穿着有补丁的衣服，放学回来，还要在妈妈开的小饭馆里帮工。

她也不讳言对祖国大陆的向往。她喜欢看香港出版的《中国旅游》，还购买了一套大型画册《锦绣中华》。她说："祖国太大了，名山大川太多了，单看看那些照片，就令人陶醉。"经过这样的谈话之后，邀请她到内地演出，便成为我们话题中的内容了。不料，她对到内地演出，显得非常兴奋。她和彭燕燕单独商量制定了一个"演出计划"。她明确表示，不愿意只出席一次晚会，唱几支歌，而是要举行个人演唱会。彭燕燕给她规划的路线是：第一站北京，第二站上海，第三站西安，第四站广州。彭燕燕说："这样，东西南北都照顾到了。"邓丽君听了很高兴，表示需要做许多准备工作。

所谓准备工作，还包括一些技术层面的问题。当时内地的歌唱家很少举行个人演唱会。而港台歌星的演唱会，要有华丽的舞台、灿烂的灯光、高水平的伴奏、高质量的音响。而这些，内地当时是不具备的。邓丽君表示，这一切由她来筹划。但据我们观察，她在香港其实很孤独，很少参加演艺界的活动，很少在媒体上露面，也没有自己的公司，甚至连个经纪人也没有。即便有公司愿意为她筹划，事先也无法保密，可能又会成为媒体的关注焦点。所以她的准备工作始终没有落实。

邓丽君的演出计划拖延下来。我们便问她愿不愿意到内地作一次旅游？她问怎样才能进入内地？我们建议她用个假名，持中旅社的回乡证过关，然后由彭燕燕全程陪同。邓丽君又兴奋起来，和彭燕燕商量起"旅游计划"了。她提出，旅游时间最好是在冬季，因为她想看雪。她很想在大雪纷飞之际，登上长城，一览塞外风光。

然而，她的这种颇具诗情画意的计划，最终也未能实现。后来她告诉我们，"另纸签证"的办法并不保险，她的一些到过内地的朋友，返回台湾后都受到了情治单位的审查。她说台湾的情治系统是非常厉害的，是无孔不入的，你们不能不防备。

台湾的情治单位在暗杀旅美作家江南以后，弄得声名狼藉，受到海内外的谴责。但它对台湾同胞来说，仍有威慑作用。邓丽君跟我们约会，经常变换地点，而且她一出门就要戴墨镜、穿风衣，既是提防媒体发现，也是提防国民党的特务人员。

想在苏州安个家

与邓丽君接触一段时间以后，新华分社决定由副社长乔宗淮出面，正式宴请她一次，地点在赤柱的宾馆。这里原是佳宁集团老板陈青松的住宅，佳宁破产后，新华社便买下来作为宾馆。隔了几天，邓丽君约我们吃饭，忽然提到要买房子的事。她说新华社各方面的关系较多，能否帮助她物色一套住宅。

根据邓丽君的要求，我们通过朋友，给她在深水湾找到一套房子，这就是现在的赤柱佳美道18号，她表示很满意。在买下了赤柱的房子后，她约我们吃饭。谈着谈着，她忽然说："住在台湾很烦，住在香港也烦，我想在内地买套房子，烦的时候就去住住。你们能不能帮我？"这更是出人意外！接着她又说："在中国的城市中，我最喜欢苏州，很想在那里买套房子。"当她听彭燕燕说我曾长期在江苏工作后，便要我帮忙。我当时以为她是随便说说的，便姑漫应之。

不料过了一段时间，她忽然打电话问我，在苏州买房子的事情有没有消息？这倒使我为难了。其时我正好要回江苏休假，就顺便去了一趟苏州。该市机关事务管理局的朱局长带我看了一处地方，这是一套两层楼的花园楼房，院子很大，但楼房非常陈旧，已近危房。朱局长说买下以后可以重新设计建造，卖主开价要6万元。我画了个草图，带回香港。邓丽君开始不相信6万元可以买到一院住宅，接着说是不是现在就把钱汇过去？我连忙说此事要等她亲自到苏州看过以后才能决定，可能还要办一些手续，现在急不起来。

1988年春，苏州有个代表团到香港举办食品展览，地点在裕华国货公司4楼。我让彭燕燕打个电话问邓丽君想不想去看看？邓丽君一口答应。翌日，我们陪她到了裕华，服务员端来了几盘苏州糕点。邓丽君显得很开心，吃了不少。离开时，裕华的余老板给每人送了一斤茶叶、一份糕点。我把我的那一份转送给邓丽君，她毫不客气地收了下来。在走向电梯时，她忽然回过头，又到几位糕点师傅跟前握手致谢。

当天晚上，邓丽君打来电话，说她想请苏州客人吃饭，要我替她约定个时间。我因为忙于其他工作，便请彭燕燕代为安排。这次邓丽君设宴在天香楼，是一家菜价很贵的酒楼。她对客人非常热情，并宣布说："我现在打算在苏州买套房子，将来我要住在那里，每天喝龙井茶，吃你们的糕点，该有多好！"内地的改革开放，给邓丽君带来了新的希望。她几乎凌乱地给自己编织了许多的梦：驻足长城，憩息水乡，仰望故乡明月，倾听西部天籁，当然更多的是在亿万歌迷的掌声中，再现风采，再铸辉煌。她的梦并非太虚幻境，而可能是当时最正确的选择。只是由于有一个无形的网笼罩着她，她始终无法冲破。

（《作家文摘·合订本》总第222期）

宋庆龄"辞职"内幕

·何大章·

1976年1月9日早晨，收音机里传出了周恩来逝世的消息。按照几十年养成的习惯，宋庆龄清晨总要坐在床上收听新闻。尽管早就知道周恩来病危，但当挚友长逝的消息真真切切传来的时候，宋庆龄仍然失去了控制，泪水便不住地流下来。

10日下午，在秘书杜述周的陪伴下，养女隋永清、隋永洁姐妹搀扶着宋庆龄来到北京医院。宋庆龄忍着悲痛，最后一次仔细端详躺在灵床上的、清瘦苍老的周恩来。

宋庆龄第一次见到周恩来，还是在半个世纪前的1924年。当时这位黄埔军校的政治部主任年仅26岁，坚定沉稳，才干超群，精力充沛，给宋庆龄留下了很深的印象。新中国成立前，周恩来是在国统区公开活动时间最长的中共领导人。所以，他与宋庆龄有着更多的直接接触。1949年以后，在中共最高领导人中，周恩来也是和宋庆龄走动最多的一位。生活、工作中，无论大小事情，他都替宋庆龄安排得妥帖而周到。

与周恩来遗体告别后，宋庆龄默默地回到了家。她的情绪还没有缓解，就听到了"高层"通过秘书传达给她的批评。大意是："让她去和周恩来告别，为什么还要自己带人去？"宋庆龄本来情绪就很坏，听到指责立刻就按捺不住了。她在卧室里激动地说："我这么大年纪，就不该有个人扶扶我吗？再说，总理也是看着她们两个（指隋氏姐妹）长大的，怎么就不能去告别？"宋庆龄一生中十分注意自己的言行，所有事都尽力做到完美，几乎可以说是在个人品质上有"洁癖"。所以，在几十年的政治生涯中，尽管有人怀着不可告人的目的给她造谣，却从没有人对她的个人行为说三道四。这次受到批评，在宋庆龄来说是"破天荒"的。何况，批评还是由秘书传达的，这也是对她刻意地不尊重了。

1月15日，她抱病到人民大会堂参加了周恩来的追悼会。在这以后，"高层"的一些评价又传到了宋庆龄的耳朵里。这一次她终于忍无可忍，在卧室里大发雷霆："真是岂有此理！说我是'总理帮'？我就是'总理帮'又怎么样？我不干了！我辞职！这么大年纪，我也该休息了吧？我回上海养老！"

周恩来去世了、邓小平再次被打倒，这时的宋庆龄已经对中国的政局心灰意冷。在原则问题上，宋庆龄从来是说一不二的。既然要回家养老，她便吩咐秘书杜述周："26日我要回上海。"杜述周立刻向上级报告，并与空军司令部联系专机。最后，专机定在了27日。1月24日，宋庆龄写信给廖梦醒："我写信是要秘密地告诉你，我有可能回家去改变一下环境。可怕的打击（指周恩来逝世）以及我的皮炎和关节炎越来越严重，吃安眠药也没用。我的眼睛似乎总是睁着。"

完全不同于以往的回上海，这次离开北京，宋庆龄做好了切断和北京一切联系的准备。1月27日，她要求秘书张珏，以住宅秘书室的名义分别发函给全国人大、新华社、《中国建设》杂志社、北京地安门邮局和上海徐汇区邮局。函件很简短：

密：

人大常务委员会：

从今天起给宋副委员长的文件、信件，请寄上海淮海中路1843号林泰同志收。

对于经常往来于京沪之间的宋庆龄，这种举动是异乎寻常的。

1月27日是宋庆龄的83岁生日。就在这一天上午10点30分，她乘坐一架三叉戟，满怀愤懑离开了北京。

7月6日晚，北京电话报告——朱德逝世，请宋庆龄第二天回北京。对此，她无法推托。朱德的为人一直令宋庆龄十分敬重。更何况朱德是全国人大常委会委员长，宋庆龄是第一副委员长。

7月7日中午，宋庆龄飞抵北京。她没有携带行李，拒绝回到后海的住宅，而是入住了北京饭店1435号房间。当天下午，她前往北京医院向朱德的遗体告别。11日，她参加了在人民大会堂举行的朱德追悼会。14日，她从北京饭店驱车直奔南苑机场，乘专机回上海。

9月9日，北京又传来消息：毛泽东逝世。10日下午，宋庆龄再次回到北京，下榻北京饭店7031号房间。11日、12日、17日她三次参加遗体告别和守灵。18日在天安门广场出席追悼大会时，拄着拐杖的她已经衰弱得站立不住。起初，宋庆龄还能斜靠着搀扶自己的杜述周勉力支撑；后来，她再也坚持不住，身体直往下坠。在场的党和国家领导人急忙请人搬来一把椅子，她扑通坐了下去！就这样，宋庆龄成了毛泽东追悼大会上唯一坐着与会的人。

国庆节前夕，宋庆龄接到9月30日晚在天安门城楼参加座谈会的邀请，她"因身体原因请假"，没有出席。

"十一"一过，宋庆龄就要杜述周马上安排回上海。8日，宋庆龄和随从人员乘车来到南苑机场，专机已经按照预定的时间做好了一切准备。就在宋庆龄走向飞机舷梯时，突然接到了飞机停飞的命令。这种情况是以往从未发生过的，大家都十分惊愕。过了一段时间，又通知可以起飞了。宋庆龄没有做出任何表示，登机回到了上海。对这一突然变化的内幕，她真的毫不知情。

1976年10月注定要在历史上重重地记上一笔。10月6日晚，"四人帮"被逮捕，这个消息被中央严密封锁。8日，"四人帮"上海老巢的死党们刚刚得到了用暗语传递来的消息。中午他们召开会议，决定抓紧部署发动武装暴乱。而正是在这个非常时刻，宋庆龄要返回上海。这位著名的"总理帮"的安全有没有保证？如果临时取消飞行，会不会引起"上海帮"的怀疑？这肯定是需要考虑的。

宋庆龄平安地回到了上海。但很遗憾，她没有听到在北京通过口口相传陆续"发布"的令人振奋的消息。而上海的"四人帮"统治一直维持到了13日。

11月27日，全国人大常委会派出一位副秘书长专程来到上海，敦请宋庆龄回京参加会议。30日宋庆龄乘专机回京，入住北京饭店。当天下午，她主持了四届全国人大常委会第三次会议。

1977年2月8日，她再次飞回上海。5月25日，宋庆龄接受中央的建议，回到北京后海寓所，开始正常地履行她的职责。历时一年多的"辞职"就此结束了。

（《作家文摘·合订本》总第200期）

陈璧君生命中的最后十年

·徐家俊·

大汉奸汪精卫之妻、曾任国民政府中央监察委员的陈璧君，因"通谋敌国、谋图反抗本国罪"，于1946年4月被国民政府江苏高等法院判处无期徒刑。从1949年7月起，在提篮桥监狱度过了她生命中的最后十年。

一半时间住院治疗

1949年7月1日，陈璧君与日本女犯中岛成子一起从苏州移押到上海，关押在提篮桥监狱女监（十字楼）。入狱初期，她拒不认罪，明显地存在"成者为王，败者为寇"的想法，辩称：我是反蒋，你们也是反蒋的，应该是同志。为什么你们和蒋介石一样对待我，把我关起来？她还为了小事绝食三天，与监狱干部相对抗。

共产党接管提篮桥监狱后，对原国民政府法院判决的犯人，大部分都作了重新判决。但对江亢虎、周隆庠、陈璧君、陈春圃、夏奇峰等一批汉奸犯，没有改判过，因此陈璧君等人的判决书仍是国民政府的。陈璧君当时不接受国民政府的判决，希望能更换人民政府人民法院的判决书。她多次说过，也书面写过这样的话："我申请人民法院重新审判我，我愿死在人民的判决下，不愿偷生在蒋介石所判的无期徒刑中。"

针对陈璧君的思想情绪，上海市公安局劳改处和提篮桥监狱的领导曾多次找她谈话，要她面对现实，调整心态，并指出她当时第一任务是安心养病，爱护身体。陈璧君被捕前，患有高血压、心脏病等多种疾病，还有患了几十年的关节炎。虽然长期以来不断用药，但效果不大。在其病历卡上，还有着胆结石、卵巢囊肿等记录。至于改判的问题，那属于法院方面的工作，监狱可以把她的要求及时向有关部门反映。

陈璧君在提篮桥监狱关押期间，先后5次到监狱医院住院治疗，累计共达1791天。也就是说，陈璧君自关押到提篮桥监狱的近10年中，有一半的时间是在监狱医院里度过的。

"恍如置身于革命大学"

在共产党劳改政策的感召和人道主义的待遇下，陈璧君的思想终于有了转化，对立情绪逐步消解，表示要好好反思几十年的经历。她在一份思想汇报中是这样开头的："我听了3月15日的大课，结合董（必武）院长和罗（瑞卿）部长的讲话，我在当夜开始了检查反省，把自己一生的思想，从头回忆，挖掘我犯罪思想根源，它究竟是怎样孕生的。今后改造的方向、打算怎样？从什么时候起的，我曾否彻底坦白过，检举过。我曾否遵守监规院规。"

在陈璧君转变思想的过程中，她的亲属和友人也起了一定的作用。著名词学家龙榆生，汪伪时期当过南京博物院院长，也曾担任陈璧君子女的家庭教师。解放前他曾与陈璧君一起关押在南京宁海路看守所，解放后在上海博物馆工作，曾受到毛泽东和周恩来的接见。龙榆生和陈璧君的幼子汪文悌经常写信送书给陈璧君，鼓励她看书读报接受新思想。陈璧君在1955年7月的思想汇报中这样写道："1949年7月1日，我到女监。初期是很不能心平气和的，以为成王败寇。但每天的《解放日报》和我幼子送进来的书，令我心平气和。知道共产党的成功，不是偶然的事。后来看到毛主席的《论人民民主专政》后，我更心悦诚服了。更后来，我至友龙榆生又送来许多进步书来给我学习，且每月寄一封勉励我努力改造的信来，我更加了解马列主义和毛泽东思想了……关于改造犯人思想的材料很丰富，有深奥的、有通俗的，都能适合各犯人的文化程度。我是一个自问很努力学习的人，也觉得恍如置身于革命大学……"

1959年6月17日，陈璧君在住院治疗46天之后，终因高血压和心脏病且并发大叶性肺炎而病故。1960年秋天，陈璧君子女把她的骨灰撒入香港附近的大海。

（《作家文摘》总第1905期）

"上海小姐"在总政

·王文娟口述　王悦阳整理·

1952年，解放军总政治部计划模仿苏联体制，把全国比较有影响的剧种集中在一起，成立"中国大剧院"，在原有的歌剧队和舞剧队的基础上，再增加一个京剧队、一个评剧队和一个越剧队。那年6月，总政派文工团副团长史行、剧作家黄宗江和总政歌舞团的兰茜三人，南下上海寻找一个合适的越剧团，条件是成员年轻、政治上单纯、业务好。史行等人在上海文化局戏改处了解情况后，经过一些初步接触，最后把目标锁定在玉兰剧团上。

史行和黄宗江找我和徐玉兰大姐谈，他们说，总政要成立大剧院，将来还会建造自己的剧场，你们越剧团也能经常回上海演出。我和玉兰大姐本来就对解放军抱有好感，当即拍板同意。

初到北京

到了北京没几天，就赶上"八一"建军节，在先农坛举行第一届全军体育运动大会。开幕式那天，我和玉兰大姐在观礼台上，第一次看见了毛主席、周总理、朱德总司令等，特别兴奋。当我们的"蓝白军"走过主席台时，首长们发出一阵议论声，纷纷打听："咦，这是什么部队啊？"有人介绍说，这是刚从上海来参加总政的越剧团小妹妹，首长们笑着说："哦，原来是一支'上海小姐'的队伍啊。"从此，我们这个"上海小姐"的外号就传开了。

进总政后不久，我们就开始排演两出带去的大戏，《梁祝》和《西厢记》，演出后反响不错。

1953年春节前夕，我们开始了参军后第一次南下演出，先到松江慰问换防的志愿军战士，接着去舟山慰问解放军，最后到上海演出，顺便在上海过年，还能与家人团聚。不料就在小年夜那天，总政突然来电，召我们速回北京，另有重要演出。大年三十那天，我们赶回北京，才知道新任务是去旅顺大连慰问苏军。我们赶忙连夜准备。

正月初五，我们与周总理等领导一起乘专列出发。周总理一见面就笑着说："哦，'上海小姐'们来了！"一路上，总理还充当起了"临时导游"，为第一次来到关外的我们介绍风土人情和历史掌故，总理的博学、睿智与亲和力，在此后十几年的接触中，都给我留下了难以磨灭的印象。

抗美援朝

1953年4月13日，我们来到丹东志愿军基地慰问演出。鸭绿江对面就是朝鲜新义州，夜晚在江边散步时，就能看见对岸纷飞的战火。丹东的梁兴初司令员很喜欢我们的演出，他建议我们跨过鸭绿江到志愿军西海岸指挥部，让战士们也能看到来自祖国的艺术。我们听后很受鼓舞，觉得离朝鲜这么近，理应过江去慰问一下"最可爱的人"。

我和玉兰大姐找到队长胡野檎，表达了入朝的愿望，胡野檎十分支持，马上召集全团开动员大会。

1953年4月24日，带着满满的自豪和兴奋，我们也"雄赳赳气昂昂"地跨过了鸭绿江。

第一出戏演的是《梁祝》，只见台下黑压压一片，坐满了志愿军战士。演出时，台下鸦雀无声，我们起初担心没有字幕，战士们看不懂，但当演到"山伯临终"时，一位战士突然站起来高声喊道："梁山伯，不要死！你带着祝英台开小差！"我们在台上听了吓一跳，继而明白这是战士入了戏，让梁山伯带着祝英台私奔呢。演到"英台哭灵"时，敌机把电线炸断了，洞里一团漆黑，正当慌乱之际，不知哪位机灵的战士掏出随身携带的军用手电筒往台上照，其他战士看了纷纷效仿，顿时千百束光源汇聚在一起照亮了舞台。这是我永难忘怀的一场特殊演出，在黑暗潮湿的山洞里，台下这些真诚淳朴的面孔，却让我们时刻感受着光明、热忱和温暖。一剧终了，台下的掌声经久不息。

志愿军某部听说祖国的越剧队要来，马上就欢腾起来，虽然有些人连越剧的名字都还是头一回听到。战士们自告奋勇花了一个星期赶建了一个礼堂，为了这个礼堂，平均每个战士每天要抬土跑三十里路，有的战士把肩膀磨肿了也不肯休息。因为路面太滑，他们又特地铺了条石头路，说："这样演员来了就不会滑倒了。"可能是我们演的《梁祝》《西厢记》在艰苦残酷的战场上，唤起了大家对美好生活和真挚爱情的向往，许多人甚至接连看了七八遍也不觉得厌腻。除了演出，战士们行军或者挖战壕的时候，我们也会即兴演唱，给他们鼓劲。

告别总政

1953 年 7 月 27 日，《朝鲜停战协定》在板门店签订，历时三年之久的朝鲜战争终于结束。

《停战协定》签署当晚，司令员彭德怀出席了志愿军代表团的庆祝晚会，还高兴地观看了我们演出的《西厢记》，大家都陶醉在了一片欢乐的气氛中，久经沙场的彭老总似乎也醉了，工作人员给他端来橘子汁，彭老总挥挥手说："端到后台去，演员比我辛苦。"演出结束，余兴未尽的彭老总又到后台慰勉我们说："你们这些小鬼不容易呀，从舒适安逸的环境中来到战火纷飞的战场上，从老百姓一下子变成志愿军文艺工作者，不容易呀！"

在朝鲜为期八个月的演出中，我们在东海岸、西海岸以及开城地区总共慰问演出 116 场，共计观众 13 万余人。回到志愿军司令部，我和玉兰大姐都荣立二等功，并获得朝鲜三级国旗勋章。但这段岁月带给我们的人生感受，却不是两枚军功章就能完全包括的。

1953 年底，我们回国后先到沈阳，后回北京。回北京没几天，听说周恩来总理有指示，打算调我们回上海，加入新成立的华东戏曲研究院越剧实验剧团。经过这一年多在总政的生活，尤其是在朝鲜战场上的八个月，我们对部队有了感情，大家都不愿意回去，还去找了贺龙老总，请他向总理说情。最后周总理亲自找我们谈话，周总理开玩笑说，"把你们留在这里，我的压力也很大啊。"他说，自从我们参军后，上海很多观众写信来"质问"，为什么把徐玉兰王文娟关在部队里，我们要看她们演戏。总理表示，你们回上海后还是能常常回部队演出，在哪里都是为人民演戏。最后，总理意味深长地说："南方的花还是要开到南方去。"这句话让我们想了很久，为了艺术的长远发展，总理的决定是对的。

小别18个月后，1954年1月我们又回到了上海，成立华东戏曲研究院越剧实验剧团二团，后来改建为上海越剧院二团。

（《作家文摘》总第1949期）

孙中山的姐妹花保镖

·刘继兴·

在晚清，有一对姐妹与"鉴湖女侠"秋瑾被时人共称为"中国近代史中女界之三杰"，她们就是尹锐志和尹维俊（浙江嵊县人）。这是一对亲姐妹，二人均有武功，格斗时皆可以一当十克敌制胜，堪称"绝代双骄"。她们曾担任孙中山的保镖。孙中山尊称其为"革命女侠"，并多次在公开场合说她们"十余次救过自己的性命"。

为秋瑾复仇

尹氏姐妹的父亲是乡间小绅士，母亲早亡，姐妹俩由外祖母抚养成人。尹锐志14岁时进入嵊县爱华女学堂读书，思想激进，其时就多次为革命党人通风报信，并参加光复会。入会后第二年由于反抗包办婚姻离家出走，携妹尹维俊到绍兴，进明道女学堂读书，深得其师秋瑾赏识。徐锡麟、秋瑾皖浙举义失败以后，尹锐志被通缉，流亡上海，以卖报为掩护，与姚勇忱、王金发等秘密开展革命活动，并学习制造炸弹。1910年夏天，尹锐志回绍兴办女学，协同王金发处死了曾杀害秋瑾的幕后人胡道南。此前，姐妹俩曾于1909年携带炸弹潜伏北京一年，试图炸死清廷要员未果。那一年，姐姐尹锐志18岁，妹妹尹维俊才14岁。

1911年，尹氏姐妹组织起一支美女军队（女子荡宁队），参加辛亥革命，立下战功，受到嘉奖。

智擒刺客

1911年武昌起义成功之时，孙中山由欧洲乘船回国，于12月25日抵达上海。此时，对革命党人来说，保护孙中山的安全，成了头等大事。尹锐志和尹维俊姐妹由此担当起保镖重任。

孙中山抵沪当天下午，上海闸北警署的侦缉队捕获了一名小偷，在他偷来的钱包里发现一封信，从中侦知凶手将于孙中山同各界人士见面会上行刺于他。时任沪军都督陈其美得报后大惊，而孙中山却执意赴会。两难中陈其美只好求助于尹氏姐妹。

是日下午4点，孙中山按原计划来到哈同花园同上海各界人士会面。他的身后跟着一位文静的女秘书（尹锐志）和着一个侍女打扮的小姑娘（尹维俊）。宴会结束后，众人走进大厅观看演出。

演出进入高潮时，台上的一名武打演员展示了一个高难度动作，引得全场喝彩。就在此时，尹锐志突然拔出手枪，将舞台上的两盏大吊灯击灭。尹维俊则飞身蹿上舞台，双手抖动分别发出一枚暗器，击中了那名武打演员的双眼，轻松将其擒获——他正是企图行刺孙中山的杀手。

事后陈其美问尹锐志：“你既然发现了武打演员是刺客，为何不将其击毙，反而打灭了舞台上两盏大吊灯？黑暗之中刺客可是最容易浑水摸鱼的。"尹锐志答:"戏一开场,我就发现他有问题,因为演员的行规是不向台下看观众,只专心演自己的戏,偷眼看观众不但会破坏舞台上人物形象,还容易造成演员'眩场'。可是这个武生频频向台下偷眼窥望,当戏进入高潮时就没有这种现象了,而且在武打的做功上特别卖力,借以吸引各方面的注意力,我就知道这个刺客要动手了。若出枪把他击毙,怕其他刺客借混乱之机下手,所以打灭了舞台上的吊灯,刺客的眼睛在这一刹那间什么都瞧不见,极易被擒。其他刺客觉得事出突然,也就不敢轻易动手……"由此可见,尹锐志心思多么缜密。

几天以后,陪同孙中山赴南京参加临时总统就职典礼时,尹氏姐妹再显身手。当时孙中山正在街头发表演讲,来自广东的3名刺客(一人持有手枪)引起姐妹俩的注意,两人及时出手,使孙中山又躲过一劫。

归宿

民国建立后,尹锐志、尹维俊姐妹两人均被南京临时政府委任为总统府顾问。

1913年,尹氏姐妹去北京探亲,袁世凯企图笼络收买她们,但被她们拒绝了。妹妹尹维俊1914年与浙江同乡、兴复会同志裘绍(曾任原闽浙军副司令)结婚。惜天不假年,尹维俊于1919年7月16日在汕头病逝。姐姐尹锐志1916年与同乡、光复会会员周亚卫结婚,次年,周亚卫被选入日本陆军大学学习,尹锐志同往。两年后回国,定居北京,此后长时间不参与政治活动。

抗战期间,尹锐志在重庆先后担任妇女工作队副队长、抗日军工烈属工厂厂长，积极参与抗日救亡活动。抗战胜利后，尹锐志与周亚卫、童杭时等在重庆重建光复会，自任会长。1948年1月10日，尹锐志卒于重庆，享年57岁。

（《作家文摘》总第1862期）

延安遇江青

·沈国凡·

与江青同台演出

孙维世 17 岁这年入党了。在延安，她不但是周恩来和邓颖超的女儿，同时也是许多革命前辈的女儿。在延安河边那一排排中共中央的领导人家里，她一有时间就会去串门，由于天性活泼，所到之处必带去欢声笑语，大家都很喜欢她。

这天孙维世走近毛泽东家的窑洞，门是开着的，她不敢打扰，就跟警卫员在外面说话。说话声音被毛泽东听见了，他放下手中的文件，问道："外面是不是维世在说话呀？"

孙维世走进窑洞，坐在毛泽东的对面，开口就问："贺（子珍）阿姨呢，怎么不在家？"毛泽东说："你的贺阿姨啊，到国外留学读书去了。"孙维世大吃一惊："出国留学？"毛泽东说："你想不想留学？到时也可以送你去呀！"

毛泽东见孙维世这个平时活泼的孩子一下沉默了，就说："好了，我们谈谈别的事情吧。我正想问你呢，听说你最近参加演出了一部很好的剧，在里面演了个资本家的大小姐，是真的吗？"

一说起演戏，孙维世就有说不完的话："是的，这个剧叫《血祭上海》，演了好几场了，很受延安军民的欢迎。"

毛泽东说："那好呀，什么时候我也去看一看。"孙维世一下子跳起来，高兴地说："欢迎毛伯伯来看我们的演出。"

提到延安上演的《血祭上海》这部戏，当然得谈到江青。

1937年8月上旬，蓝苹从上海来到延安，改名江青。

这年年底，延安各界都在积极准备即将到来的纪念"一·二八"淞沪抗战6周年的活动，文艺界更是特别忙碌，准备了一个话剧《血祭上海》，讲的是上海军民同心抗日的故事。江青扮演剧中的姨太太，孙维世扮演剧中的大小姐。

毛泽东说话算数，几天后便与张闻天、凯丰、罗瑞卿等去观看演出，感到非常满意。

孙维世不再去毛泽东的窑洞了

当孙维世听到江青与毛泽东结婚的消息时，不由惊住了，呆呆地站在那里，很久都没有回过神来。

遇见孙维世时，江青总是热情地邀请她到家里去做客。

据孙维世的六姨任均回忆："到延安后，江青老看我们的戏。她那时挺热情，有时在路上碰见，就招呼说：'任均，有时间到杨家岭来玩儿嘛！'因为平时没有什么接触，心里也并不喜欢她，所以我也就没去过。"据任均回忆，当时王一达跟田方、甘学伟、张平、张承宗等人一起在"鲁艺"实验剧团时，剧团曾准备排练俄国奥斯特洛夫斯基的《大雷雨》。王一达等几个人参加排练，剧团请江青来演女主角卡杰琳娜。大家跟江青一块儿对了好几次词儿，她也认真领会了剧中人物，差不多可以走舞台了。可是有一天，江青忽然说，毛主席不让她演了。女主角忽然没了，这戏就搁置了。王一达他们就开玩笑地"敲竹杠"，让江青请大家吃顿饭。

有一次江青对孙维世说："主席总问到你呢，说维世这孩子最近怎么不来了呢?"孙维世说："最近太忙呀，总没有时间!"江青立刻主动邀请她说："你什么时候有时间了，到家里去坐坐。"

孙维世怕江青再没完没了地"邀请"下去，就应付地答应下来，说是等以后有时间了一定去。

就这样，两个人见一次面江青就邀请一次，孙维世也就同样地答应一次，可就是不到毛泽东家的窑洞去。江青终于明白了，孙维世是在有意地躲着自己，感到非常生气，骂"孙维世人小架子大，现在连主席那儿也不大去了……"

骑马飞奔毛泽东的窑洞

1939年初秋，中共中央做出决定，让周恩来去莫斯科治疗臂伤。孙维世得知消息后，连夜从学习的地方赶回送行。

看着即将起飞的飞机，孙维世感到有些孤单，多想跟着爸爸一起飞向远方啊!

一贯严于律己的周恩来知道了她的想法，严肃地说："我去苏联治病，是党中央决定的，毛主席批准的，你怎么能说去就去呢?"

前来送行的邓发站在孙维世的旁边，周恩来的话他全听到了，于是转过身去，对孙维世笑着说："维世呀，你如果真想跟爸爸妈妈去苏联，那还是得去找毛主席。"

孙维世苦笑着说："现在飞机都快飞了呀！"

邓发用手指了指自己身后的警卫员，警卫员正牵着他赶来时骑的马："你现在赶去还来得及。"

孙维世急忙跑过去，拉过邓发警卫员手中的马缰，飞身上马，用手在马背一拍，马蹄便腾空而起，直朝毛泽东的窑洞飞奔而去。

毛泽东背对着大门，手中夹着一支香烟，站在那里思考着什么。听见后面的脚步声，头也不回地说道："是维世吧，你今天终于来了呀！"

孙维世一边喘着粗气，一边说明了来意。

毛泽东转过身来，笑着说："你这个孩子呀，现在是无事不登我这个三宝殿了哟。"毛泽东一边说着一边从桌子上抽出一张白纸来，挥笔在纸上写道："同意孙维世去苏联……"写到这里，他直起腰来，嘴里嘀咕着："同意你去干什么呢？"接着，毛泽东笑着在后面写了两个字"学习"。

孙维世接过墨迹未干的批条，连谢谢都没有来得及说一声，再次飞身上马，直朝延安机场奔去……

（《作家文摘》总第 1730 期）

146

邓颖超与外交官夫人们

新中国成立后，为适应外交工作的需要，中共中央决定从一些经历过长期战争考验的将军中，选调一批干部出国担任大使及有关方面的工作。根据惯例，他们的妻子将以外交官夫人的身份随同出使。可是，这些"妻子们"也大都是参加革命多年的同志，以前大家不分男女老少都互称"同志"，感到非常亲切。现在要改称"夫人"，大家不仅想不通，而且听到"夫人"这个词，觉得很刺耳。她们"不愿出国做丈夫的尾巴"，要求留在国内分配工作，有的甚至提出要离婚。这个"官司"打到周恩来那里。

周恩来工作十分繁忙，便委托邓颖超帮助做工作。

邓颖超找机会约见了这些"夫人们"，谈话中，她用曾在国民党统治区中共代表团的经历现身说法。她说：一天有人打电话找"周太太"，我一时未转过弯来，就回答说没有周太太。等放下电话，才突然明白过来，原来是指自己。

会场的氛围因邓颖超富于幽默的事例，变得轻松起来。她亲切地对大家说：外交战线是个特殊的战线，大使、参赞无论男女都是外交官，都是代表国家，"夫人"也是一种工作，它能发挥重要作用，夫人协助大使开展活动，同驻在国政府官员的夫人和其他各国使馆的夫人建立友好联系，有时能起到丈夫不能起的作用。夫人去不去参加某一项外交活动，也能代表国家关系的好坏和一个国家对某件事的态度。所以说做好夫人外交工作也是国家的需要。我国夫人外交工作，不同于某些国家。他们的夫人只是外交官的太太，你们是新中国的外交官夫人，是去从事一项工作，不是出国专做外交官的家属。根据各自的情况，都要在使馆内部分配一份工作，有的分配有外交头衔即有外交官身份的工作，如参赞、秘书、领事等职务；有的虽然没分配有外交头衔的工作，但对内也分配相当的职务，在使馆内部都有各自的工作岗位。

她勉励大家出国后要注意保持部队的优良作风，体现新中国妇女的气质和风采，不要邋遢，服装要整齐、清洁、朴素、大方，这样人家才能尊重你们；要记住，大家出去，就是中国共产党领导下的中华人民共和国的代表！邓颖超的一番话打动了在场的同志，一位"夫人"回忆说："邓大姐入情入理、语重心长的讲话，解开了我们的思想疙瘩，使我们放下了包袱，愉快地去做出国准备。"

在后来的日子里，邓颖超始终关心着外交官夫人们的情况，重视对她们的培养和教育，她建议外交部要关心和培养女干部，指导驻外使馆的夫人们工作；驻外使馆要为开展夫人工作创造条件，提供方便。每逢她们回国休假时，邓颖超都会择机召开座谈会，同她们促膝谈心，听她们汇报工作，重视她们的经验，肯定她们的工作成绩，叮嘱她们要热爱本职工作，努力学习外交方针、政策和外语，熟悉国际形势和驻在国情况，要不断地提高政治水平和业务水平。对大家反映的工作或生活中的困难和思想问题，邓颖超都帮助解决，从不简单地批评指责。曾随丈夫李清泉出使瑞士的孙琪回忆说："有一次接见时邓大姐指出：听说某使馆的大使夫人有'二大使'之称，这就不好了。我虽然在中央工作，但从不干预周总理的工作。你们除了做好外交官夫人的工作外，要团结全馆同志，特别是搞好女同志的团结工作。邓大姐从不参与周总理的公务，但又从生活等方面支持周总理工作的高尚品德，大家早有所闻。这次大姐言传身教，既严格又耐心，使我们深受感动。"

1961年前后，在邓颖超倡议下，国务院外事办公室召集多次会议，讨论"外交官夫人工作"，邓颖超亲自出席，反复说明"外交官夫人工作"是发展国际反帝统一战线、增进国家间友好关系、维持世界和平的外交工作的组成部分，不容忽视。经过讨论酝酿，中共中央外事领导小组决定在国务院外事办公室设立"外交官夫人工作小组"。邓颖超明确提出了外交官夫人工作的指导方针：第一，中国的夫人外交工作，既不同于某些西方国家那样把夫人和大使放在同等地位，也不同于某些社会主义国家那样把夫人排除在外交工作之外，夫人的工作是驻外使馆工作和国家外交活动的一个组成部分，这个位置要恰如其分。第二，外交官夫人工作的任务是，对外协助大使开展友好活动，同驻在国政府官员的夫人和他国使节的夫人建立联系，进行交往；同时配合全国妇联做国际妇女友好工作；对内特别要做好使馆的团结工作。第三，对外工作中要注意妇女的特点。可从妇幼问题入手，再交谈需要谈的政治性或其他重要问题。

在邓颖超的关心和循循诱导下，外交官夫人们在我国外交战线上发挥了应有的作用，取得了很大成绩。

（《作家文摘·合订本》总第245期）

我的母亲廖梦醒

·李湄·

初到北平

1949年初，外婆何香凝本来早该从香港北上了，但时值冬天，外婆怕冷，她想等天暖再走。开春的时候，潘汉年告诉外婆，舅舅廖承志又添了一个男孩，外婆大悦，这下她急于去北平看孙子，也顾不得天气了。北上之前，外婆想准备一份礼物送给毛泽东，她让妈妈陪她到九龙亚皆老街张大千的寓所，请张大千画了一幅一米多长的《荷花图》。

潘汉年派人为我们安排北上事宜。这批北上的人并不仅我们一家。1949年4月初，我们上了一艘希腊货船。

4月11日，我们一家从天津坐火车抵达北平。站台上，妈妈首先看见了周恩来、邓颖超、林伯渠，还有许多外婆的老朋友、先期到达的民主人士以及早期的黄埔军校出身的著名将领，共几十人，他们都热情地上前和外婆握手。妈妈第一次踏上解放了的土地，这热烈场面令她落下了眼泪。出站的时候，邓颖超拉着妈妈的手说："你一直当秘密党员，现在北平已经解放，你的党籍可以公开了。"妈妈说："上海还没有解放，孙夫人（宋庆龄）还在上海，公开我的党籍是否会对她不利呢？"她表示还是过段时间再公开为好。

当晚，毛泽东在怀仁堂设宴为外婆洗尘，周恩来、邓颖超作陪，妈妈、舅舅、舅妈也出席了。外婆亲手把张大千的《荷花图》送给毛泽东。据说，毛泽东后来把它挂在自己的办公室里。周恩来问妈妈："多少年没有到北平了？"妈妈答："这还是第一次。"周恩来笑道："怪不得说起普通话来南腔北调呢。"

艰难的转型

安定下来之后，邓颖超问妈妈对工作安排有什么想法。妈妈说她什么都不了解，就请大姐安排吧。于是，邓颖超安排妈妈去全国妇联。当时妇联国际部部长是瞿秋白的爱人杨之华，除了她之外只有一个叫戚云的人。杨之华对我妈妈说："国际部现在只有我们三个人。我是部长，你是副部长，戚云是秘书。"妈妈从来没有当过什么"长"，听杨之华这么一说，便诚惶诚恐地提出："副部长我当不了，让戚云当副部长，我当秘书吧。"妈妈是个直率的人，说这话并不是客气，是她的真实想法。但是她不知道，"大实话"并不合时宜。

妈妈上任后负责的第一件工作是为亚洲妇女代表大会在中山公园搞一个展览。妈妈不熟悉新的工作环境，遇到许多具体问题。那时妈妈的党员身份还没有公开，协助她工作的几个人是基层来的小青年，其中一人说妈妈是"民主人士，不会办事"。妈妈反驳道："我参加革命的时候你还是个孩子呢。"为此，回到国际部，妈妈受到批评："缺乏组织性纪律性，暴露秘密党员身份。"（妈妈的党员身份直到1953年才正式公开。）

长期在白区做地下工作，妈妈不习惯"民主生活会""批评与自我批评"这些老区的思想教育方式，她也不善于在会议上作长篇大论发言，更不会去做别人的思想工作——而这些都是当领导不可或缺的本事。因此，妈妈当领导，就像在炉子上烤一样。直到有一天，有人当面对她说："你根本没有资格当副部长！"妈妈就找邓颖超表态："本来我就没有能力去领导别人。我的能力大概只能去打字。领导不用顾虑我没犯错误不好降我的职，如果分配我去当打字员，我也愿意。"邓颖超安慰妈妈不要胡思乱想。

妈妈在日本长大，习惯讲礼貌，别人为她做一点小事，比如，走在前面的人为她开开门，她都说"谢谢"。在重庆曾家岩，妈妈讲礼貌有口皆碑，"李太太特别讲礼貌"是一句夸奖的话。可是在这里，妈妈讲礼貌成了"毛病"——"资产阶级生活作风"，甚至成为笑柄。有人一见她就嘲笑地学她"谢谢，谢谢"。一次，她友善地伸出手与人握手，对方竟拒人千里："我刚刚洗过手。"妈妈大惑不解，在她的心目中，"同志"是可以相互托付生命的人，是在伤心的时候给她温暖的人，就像重庆时代的同志那样。过去的同志情谊现在哪里去了？

搞展览会的时候，妈妈每天很晚才回家。到家时，外婆已经就寝。外婆习惯于子女每天早晨向她道早安，晚上向她道晚安，现在多少天也见不到妈妈人影，外婆很不高兴，以为妈妈故意躲避她。外婆是个直肠子，高兴不高兴全摆在脸上。妈妈难得一天早点儿回家，看见外婆也不是好脸色。妈妈后来说，这段日子很不好过，"在机关看白眼，回到家看黑脸"。

不久，妈妈就决定搬到机关宿舍去住。妇联给她在东城史家胡同15号腾了一间大约七八平方米的小房间。这是后院一个里外间的里间，外间是集体宿舍，住着三个女同志。这段日子是妈妈最困难的时候。每逢周末，妈妈看见年轻人成双成对出去，年纪大的坐丈夫派来的汽车回家，她无处可去，就想爸爸（李少石），暗自伤心。爸爸死后妈妈特别喜欢李清照的词，她在纸上写着："寻寻觅觅，冷冷清清，凄凄惨惨戚戚……"心理学家丁瓒给妈妈看过病，他告诉舅舅，妈妈有抑郁症，发展下去后果堪虞。舅妈把这情况告诉了我，要我注意妈妈的情绪，我很震惊。那时我只有十几岁，还不懂得妈妈的痛苦。有同志劝她再婚，但是她忘不了爸爸，也怕我不接受，拒绝了。

妈妈诚心诚意地进行思想改造，光是笔记就不知写了多少本。她努力紧跟党走，不断挖自己的资产阶级思想。

机关常常要填各种表。每次填表，"出身"这一栏都使她犯难。外公廖仲恺毕生跟孙中山搞民主革命，孙中山是共产党肯定的人物，外公是"革命先烈"，也是共产党承认的。但外公又是国民党的高官，而国民党是共产党的敌人。妈妈搞糊涂了。结果，她在"出身"一栏里填的是——"革命官僚"。

1955年4月，潘汉年到北京开会，妈妈去北京饭店找他，找不到，后来听说他被抓了起来，妈妈惊呆了。新中国成立前，潘汉年和我妈妈有长期密切的工作关系，他怎么可能是"特务""内奸"呢？这件事对妈妈打击很大，她开始失眠、头疼、心悸、关节疼，医生诊断为"更年期症状群"。妈妈从年轻时候起，习惯了每天早晨用凉水擦澡，数十年如一日，雷打不动。她的身体本来很好，绝少生病。但是从这时起，病魔一直折磨了她几十年。

"文革"中，妈妈只是一个审查对象，不停地写交代材料，但没有关过牛棚，没有挨过斗，甚至没有下放过农村。据说，妈妈机关的造反派起先也把她列入"走资本主义道路当权派"的名单中，周恩来说："梦醒算什么当权派？"如果没有周恩来的一句话，妈妈被划成"走资派"，以她那样的病体，早就没命了。

宋庆龄的160封信

不久，我、丈夫和一双儿女全都离开了北京，天南海北到各地去了。剩下妈妈一个人独自留在北京，孤苦伶仃中她写信向宋庆龄倾诉。

信投寄之后，就是等待回信。妈妈开始了以写信打发日子的生活。宋庆龄也一样。妈妈去世后，我整理她的遗物，发现有宋庆龄写给她的160封信，这些信集中在20世纪70年代。宋庆龄给妈妈的信里很少谈公事，大多谈个人的喜怒哀乐，交换对某人某事的看法，回忆老朋友等等。一句话，事无巨细她都写在信里，以至舅舅对妈妈说："Aunty打个喷嚏都要告诉你。"她的信使用什么纸的都有。有一次便条就写在装五香豆的大信封上。她写道："送你一包新做的上海五香豆。小心黏牙（如果你有假牙的话）。"还有一次她寄来的卡片上，一面是两只可爱的小狗，笑眯眯地鼻子对鼻子，另一面写着："在这种鬼天气里给我亲爱的辛西亚开开心！""鬼天气"是指寒冷的冬天，宋庆龄是南方人，北方的冬天使她难受。

有一次，宋庆龄和我妈妈一同去参加一个活动，事后她想送我妈妈回家，被人劝阻了。她回到家就给妈妈写了一封信："我很抱歉不能让你跟我一起上'红旗'车，因为××告诉我，他已经为你准备了车。看来，现在连这种事也有规定了。我不理解，也不欣赏。不过自从'文化大革命'以来，我已经学会说话不要太直率了。"

(《作家文摘·合订本》总第 248 期)

张幼仪与"女子银行"

·一 山·

20世纪20年代后期，张幼仪从"婚变"的阴影中走出，自欧洲回到上海，经营云裳服装公司之余，还搏击股海，屡有斩获。其实，她商场生涯中更重要的一笔，是出任上海女子商业储蓄银行要职十余年，在"民国银领"圈几乎为男性所垄断的局面下，扎扎实实当了一回"女金领"。

上海女子商业储蓄银行由男女股东约20人共同发起成立，女界发起人主要为严叔和、欧谭慧然、张默君等，男界则主要有邬挺生等。银行的主要股东及高管，大多是当年政界、商界、金融界卓有成就者。1933年到1936年间，张幼仪的四哥、中国银行总经理张嘉璈出任女子银行副董事长，1936年4月，他一度获推举为董事长，不过未到任。

股东与高管阵容如此"豪华"的女子银行，自然十分引人瞩目。1924年5月27日开业时，观礼嘉宾名流多达2000余人，可见该行人脉关系之深广。

自1932年起，张幼仪担任该行副经理，1936年至1946年12月出任副总裁，而她的女子银行董事一职，直到 1949 年才卸任。据她晚年回忆："有几个上海女子商业储蓄银行的女士跑来与我接洽，我想是四哥要她们来的。她们说希望我到她们银行做事，因为我人头熟，又可以运用四哥的影响力守住银行的钱……她们不得不明讲，找我进银行是看我的关系，而不是能力，因为我从来没在银行做过事。"

从张嘉璈的角度讲，肯定也愿意借助自己在业内的威望和人脉，让逐渐展现商业天分的妹妹进入银行界一试身手。

张幼仪"决定抓住这次机会"，"我把我的办公桌摆在银行最后头，这样银行前面的情形就可以一览无余"。她每天早上 9 点准时到达办公室，这分秒不差的习惯，是早年留学德国时养成的。

上海的这家女子银行与普通商业银行一样，非常注重吸收存款，特别是与学校相关的银钱来往业务。它在上海各女校创办储蓄分处，代学校收取学费，到 1949 年为止，委托该行代收学费的学校一共有 10 家。

据张幼仪晚年回忆，女子银行"往来客户多是女性"，"许多在附近商行做事的年轻妇女，喜欢拿了支票立刻上我们银行来兑现，再在户头里留点钱当存款"，"大多年纪大的妇女都用我们的银行存放珠宝"，"很受老少妇女欢迎"。

但在银行业竞争激烈的沪上，女子银行的经营范围和服务客户当然不能局限于女性，任何人都可以前来开户。除了主营款业务外，该行还代售旅行券，各埠轮船火车之船票、车票，且可代订舱位。同时，它以吸纳的可观存款参与投资，如购置房地产，入股若干生产厂商和公用、交通事业，上海滩有名的世界书局、商务印书馆、永安纱厂及内地自来水公司等，都有女子银行的投资。

1937年12月上海沦陷，上海女子银行没有迁到大后方，后来经历汪伪政权的统治，艰难维持。抗战胜利后，还都南京的国民政府对留在"沦陷区"的金融机关进行严格清理，因该行董事多有声望，总算得以过关。1949年4月，张幼仪辞去女子银行职务，匆匆离沪赴港。

　　1955年，上海女子商业储蓄银行在"公私合营"中结束。

（《作家文摘·合订本》总第262期）

一曲微茫度此生

唐薇红：我所见证的交际生活

·唐薇红口述　王恺整理·

　　毕竟出身不凡，80岁的唐薇红随口说件事情就是掌故，提起一个人名就是一段历史，她的父亲唐乃安是中国最早的西医之一；哥哥唐腴庐曾任宋子文的秘书，1931年被误当作是宋子文而遭暗杀；姐姐唐瑛是与陆小曼并称为"南唐北陆"的沪上名媛。可是对于一生浸淫于浮华的女人生活的唐薇红而言，那些历史风云只不过是插曲，她所记得的历史不外乎是那些当事人的服装和长相，以及当时的社交风俗，娓娓道来的，是上海近代交际生活的变迁。

唐腴庐和唐瑛：家世传奇

　　我大哥唐腴庐不是替宋子文挡子弹死的，他是被误杀了。当年一直有传闻他是替宋挡子弹死掉的，可是妈妈告诉我，哪里会有人那么傻，看见人开枪，还不跑掉了？我那时候只有六七岁，这件事我妈妈后来一直讲给我听。

　　大哥非常聪明，16岁就出国了，到耶鲁读书，和宋子文是同

161

学。我们家一直不让他学政治，那时候的老百姓很怕和政治搭界，妈妈叫他读经济，他到美国后自己不肯学经济，回国后就给宋子文当秘书，爸爸、妈妈生气也无可奈何。

那是1931年7月，天气很炎热，哥哥和宋子文经常南京、上海两地跑，因为当时的"国民政府"在南京。司机很早起床接大少爷，车是什么模样我还记得，一辆绿色的福特，牌照是51号。哥哥坐早晨的火车到老北站，5点钟就到站了，那时候本身人就很少，车到得早，就更没有人了。司机突然看见有人放烟幕弹，一片烟雾散开，就听见枪响，司机亲眼看见我大哥中弹倒下，他戴铜盆帽，穿灰法兰绒的长袍，和宋子文穿戴很相似，所以被当成了宋子文。宋子文此时也下了车，看见烟幕弹，马上钻到火车下面了，刺客没发现他。长大后我才知道刺客是"暗杀大王"王亚樵带的一批人。

司机马上把我哥哥送到最近的一家德国医生开的医院，哥哥膀胱上中了很多枪，但是那时候太早了，德国医生还没起床，等他起床准备好上手术台时，哥哥已经去世了。

我爸爸在事发的半年前去世了，得了胃癌，吃什么都吐。我爸爸唐乃安是中国最早的西医之一，是用庚子赔款出国留学的，回国后在北洋舰队做医生，后来在上海开了私人诊所，专门给当时的上海大家族看病，我们家和宋家就是那时候认识的。

我大姐唐瑛还和宋子文谈过恋爱，不知是因为我爸爸缘故还是我哥哥缘故两人认识的，但是我知道是为什么分开的：我爸爸坚决反对。我爸爸说，家里有一个人搞政治已经够了，叫我姐姐不许和宋子文谈恋爱，怕她嫁给宋子文，家里就卷到政治圈里，我爸爸总是说"一朝天子一朝臣"，搞政治太危险，后来证明，我爸爸的话是对的。

大姐和宋子文往来的情书有 20 多封，"破四旧"时候都被我烧掉了，我一边看，一边害怕死了，家里居然还有宋子文的笔迹，小时候我不知道还有这么回事。同时烧掉的还有我哥哥那件带血的长袍，出事后，我妈妈伤心得不得了，她一直留着那件长袍。

我那时候最佩服、最羡慕的人就是我的大姐唐瑛。我最羡慕她什么？是她的十个描金箱子，里面全是衣服，每天换衣服都换不完。我那时候还小，她不带我出去玩，我就知道她是个"名媛"，天天需要出去交际。

国外有什么大亨名流来了，我姐姐一定出场。我还记得报纸上常常有她的名字，有一次是英国王室来了，她去表演钢琴和昆曲，报纸上把她的照片登了很大，我妈妈和她开玩笑，说她风头盖过了王室。

我们家是基督教家庭，女孩子地位很高，甚至可以说是"重女轻男"，但也不是说女孩子就可以出门交际的，必须要等到结婚后或者有男士上门邀请才能社交。我姐姐是因为结婚了，获得了交际的权利，她嫁给了宁波"小港李家"的李祖法，姐夫是保险公司的总经理，但是不喜欢交际。我们家的女人都外向，所以他们两个人过不到一起去，婚后几年就离婚了，我姐姐也就获得了社交的自由，他们生的孩子李名觉后来是美国著名的舞台艺术家。

姐姐是上海最早的"海上名媛"，当时就有一种说法：上海有唐瑛，北京有陆小曼。陆小曼来上海后，她们成为很好的朋友。

1949 年去台湾的文史作家陈定山，他也是中国最早化工厂的少东家，1958 年写过一本《春申旧闻》，里面写道："上海名媛以交际著称者，自陆小曼、唐瑛始……门阀高华，气度端宁。"看到这就明白当时交际界的情况了。

"南唐北陆"：高尚社交的背后

我看见有文章说当时杨杏佛也追求我姐姐唐瑛，并且说和徐志摩、陆小曼的恋爱一样，是当年最出名的两对三角恋爱，其实也是不对的。杨杏佛追求的是我的干姐姐，我们叫她三姐，姓张，因为我妈妈喜欢她，就一直住在我们家里。

我记得杨杏佛、徐志摩、陆小曼他们一群人总是来我家，他们是我大姐唐瑛很好的朋友，姐姐是让我和他们接触的，他们不是那种很讲究的人，喜欢一起闹。我记得杨杏佛总是在房间里走来走去背唐诗。他脸上长了很多小疙瘩，不好看，拉着我的手教我背唐诗，我从小上的是教会学校，就会背"床前明月光"，他就批评我太西化了。

我一直不知道三姐是和谁在谈恋爱，就记得有天她接电话，那时候电话全是装在楼梯拐角那里的，我在她背后，突然看见三姐一声不响地倒下来了，电话机都没有放好，悬在半空中晃，我吓得哭起来。她一病就是一年，都不能走路，一直躺在床上。原来，那天她接电话传来的消息就是杨杏佛被暗杀了。

当时徐、陆的恋爱故事传得很厉害，有天刘海粟在功德林请客，把我的姐姐、哥哥，还有杨杏佛、陆小曼、徐志摩、陆小曼前夫王赓全部都叫去了，刘海粟高谈阔论，在祝酒时以反封建为话题，先谈人生与爱情的关系，又谈到伉俪之情应建筑在相互之间感情融洽、情趣相投的基础上，没有爱情的婚姻是违反道德的。王赓也是极聪明的，他终于觉察到这席宴会的宗旨，他举杯向刘海粟、向其他人说："愿我们都为自己创造幸福，并且为别人幸福干杯！"

姐姐后来告诉我，这场宴会就是徐志摩逼着刘海粟举行的。宴会后，徐志摩给王赓写了一封英文长信，把他认为永难解决的僵局打开了。王赓是个开通的人，同意与小曼很快离婚。但是我姐姐也告诉我，徐志摩和陆小曼结婚后，并没有想象中的幸福。

但是那时候哪里会想那么多，也不知道背后会有那么多纠葛，这些都是我后来慢慢悟出来的。

姐姐后来嫁给了熊希龄的侄子熊七公子，个子比她矮，一点也不好看，可是也很活泼，喜欢社交，姐姐就喜欢这一路的人。熊七公子是当时美国美亚保险公司的中国总代理，1948年之后他们就到香港去了，我不知道姐姐生活幸福不幸福，但她喜欢打扮的性格一点都没有变。70年代她回来探亲，我在机场接她，很多年过去了，我害怕认不出来她，结果看见楼梯上下来一个穿绿色旗袍的人，我远远就叫了，肯定是姐姐，结果果然是她。

陆小曼一直留在上海，解放后生活很困难，好像是陈毅市长听说她的困境，让上海市文史馆把她招收进去，一直在那里当馆员到1959年去世。

我印象中，上海真正交际生活的结束，是在"文化大革命"的时候，一下子什么都没有了，什么都是四旧，所有人都噤若寒蝉。那是真正的没有任何舞会的日子了。

我不是那种抱着回忆不放的人，现在人人都知道百乐门有个喜欢跳拉丁舞的"唐阿姨"，但是现在百乐门怎么能和当年的社交比？很多人把我写成什么旧上海的金粉世家的传人，其实我就是一个爱玩会玩的人，懂得及时行乐。

（《作家文摘》总第919期）

我的妈妈梁思庄

·吴荔明·

妈妈梁思庄是梁启超的小乖乖，也许人们会认为她是生活的宠儿。然而，生活并没有对她特别慷慨，风和日丽的日子在她青年时代也是短暂的。作为一个独立的知识妇女，尤其是一个年轻的寡母，她一生经历的辛酸与沧桑是难以诉说的——她也从不诉说。

1908年9月4日，李蕙仙婆在日本神户生下了女儿思庄，她的降生给全家带来了极大的欢乐。公公梁启超自称偏爱女孩，思庄自然就成了小宝贝。思庄小时候最爱和她的二哥思成、三哥思永一起玩。思成比思庄大8岁，思永比思庄大4岁。妈妈是他俩最疼爱的妹妹，也是他们恶作剧的最佳对象。

1924年7月李蕙仙婆逝世，公公在丧妻之后首先想到的是孩子们怎么办？那时正好大姨丈周希哲被政府派往加拿大任总领事，于是公公就叫大姨把妈妈带往加拿大去读书。

1930年妈妈获得了加拿大麦基尔大学文学学士学位。次年到美国专攻图书馆学，获得了美国哥伦比亚大学图书馆学学士学位。

三舅思永有一个极好的朋友，他和三舅同岁，在清华学校就是同班同学，名叫吴鲁强。

1924年后，梁氏兄妹先后到国外读书。三舅思永在哈佛大学人类学系，吴鲁强进入了美国麻省理工学院化学系。哈佛大学和麻省理工学院是近邻，如同我国的清华和北大。所以这两位好朋友经常见面。妈妈在加拿大麦基尔大学读书时，每逢节假日必到美国和哥哥们一起去游玩。而吴鲁强总是夹在他们中间，他爱上了妈妈思庄并对她发起猛烈的攻势。他的一举一动三舅都看在眼里，戏称他是"罗曼蒂克的吴博士"。

妈妈思庄在家从小受到宠爱，比较娇气爱犯点小脾气，经常对男朋友发号施令，而这些命令却对吴鲁强是一种极大的精神鼓舞。吴鲁强在给妈妈的信中写道："人们说，爱情能使人兴奋，我从前听了总在怀疑。现在亲尝到了，这才相信。……记得你曾亲口向我施过命令，叫我好好地用功。我登时就觉得精神百倍。工作完了，眼睛和身体自然免不了疲倦，但心神却觉得舒畅。这真是梦想不到的。"

吴鲁强的真挚感情终于感动了妈妈思庄。她答应嫁给他，但时不时还要闹些小脾气，弄得吴鲁强不知所措。更有甚者，当他们学业结束后决定1931年回国，妈妈硬是不告诉吴鲁强自己坐哪条船及具体日期，这件事是当我长大后妈妈讲给我听的："我当时不知为什么就是不愿你爸爸和我一条船回国。"我也觉得这是一种非常奇特的心理状态。他们的感情生活中有很多这种有趣的小插曲。

这门亲事全家皆大欢喜。婚礼在北平有名的协和礼堂举行。当时思永全家迁往上海，未能参加婚礼。最忙的就是二舅妈林徽因了，礼堂的布置，新娘的打扮，都由她一手包办。她给思庄设计了一件白色结婚礼服（这件礼服一直保存到"文化大革命"，最终被抄家抄走），把不起眼的思庄打扮得美丽端庄。

结婚次年，他们的女儿我就出生了。三口之家的小家庭是快乐温馨的，爸爸的事业也蒸蒸日上。

但谁能想到，幸福竟如此短暂。1935年底，爸爸为了对《周易参同契》《抱朴子内篇》等炼丹术原著进行深入探讨，专程去香港向对道教史有研究的许地山请教。不料，当他带着大批资料回到广州准备开始着手撰文时，他在香港染上的伤寒病开始发作，临终前他始终是清醒的，他握着妈妈的手呼唤着："庄庄，BooBoo。"怀着对娇妻爱女深切的爱和对自己未竟事业的留恋，离去了。那天是1936年1月30日10时，从发病到去世仅仅20多天。

妈妈始终想念着爸爸。爸爸当年用漂亮的英文草书写的上百封情书，妈妈用纸盒装着，在箱子里珍藏了几十年。直到"文革"时全部被抄走了，退还时已成支离破碎的一堆乱纸。妈妈细心地一封封整理好，仍放在盒里保存起来。

妈妈把悲痛深深埋藏在心底，她到燕京大学图书馆，投身于她所喜爱的西文编目工作。年幼的我不懂得去慰藉、温暖年轻的寡母，她也从不向我吐露自己的孤寂和悲伤。直到我15岁那年，一天我因病一人在家，无意间翻开箱子，突然发现一叠爸爸去世后妈妈写给他的信："鲁强：我今天又给你写信了……BooBoo已经会说北京话了……她很结实可爱，吃得很多，胖胖的……"信中语句断断续续，每封信都不落下款。顿时泪水模糊了我的双眼。

妈妈没有再结婚，她把自己的全部心血倾注在图书馆事业和女儿的身上。

妈妈毕生从事图书馆事业，而且乐此不疲，人们一致公认她是个"图书馆迷"。她精通英语，也会法、德、俄语，擅长西文图书分类编目，对各种西文工具书及其他书刊资料十分熟悉。人们说："梁先生的脑子简直成了外文工具书大全了！"

60 年代初，中央歌剧舞剧院演出外国歌剧《费加罗的婚礼》，遇到一个难题：弄不清剧中女主角用的扇子是什么材料的，式样如何。剧院的同志找到北京大学图书馆，请求帮助。这对于图书馆的专家们也是个难题，于是翻箱倒柜，广搜博求，终于弄清楚那柄扇子应该是羽毛折扇。当时承担这项任务的，就是我的妈妈梁思庄。

1980 年，北大哲学系熊伟教授在研究一个课题时碰到由 RAF 三个英文字母代表的某一组织。他查阅了许多外文工具书，都说那是 Royal Air Force（英国皇家空军）的缩写，但这与自己研究的问题根本不沾边。于是他请妈妈帮忙。年逾古稀的妈妈在外文报刊阅览室和十楼书库上下往返，终于查明那个 RAF 的全名是 Red Army Faction（红军派）。这使熊先生十分高兴。

北京大学图书馆是中外闻名的大图书馆，馆藏三百多万册图书和古今中外大量珍贵文献资料，要发挥这些图书资料的作用，没有"识途老马"带领是不行的。在几十年的图书馆工作中，妈妈不但为读者解决了许多疑难问题，还完成了不少国家委托的重要任务。著名的卫生学专家叶恭绍说："她的确是一位浩瀚书海中的领航员，而且是一位非常出色的女领航员。"

"文革"开始不久，她就被揪出来示众。她胸前的牌子有两个花样替换着："反动保皇派梁启超之女"和"反动资产阶级权威梁思庄"。她每天被迫穿着旗袍在围着铁丝网的网球场里和一群"牛鬼蛇神"在烈日下拔草，供全国各地的串联者像围观动物园里的动物一样围观、开现场批判会。

1966 年一天深夜，妈妈被押走了。我赶紧骑车追到大膳厅门口，只见一堆熊熊烈火在"打倒梁思庄"等喊叫声中燃烧，烧的是图书馆的所谓反动书籍，其实有很多都是我国著名的古籍。妈妈痛苦地眼看着这些书籍化为灰烬，回到家中，她难言的痛苦汇成一句话："这样下去，图书馆要完了！"1968年，一次，妈妈被北大图书馆的两个"造反派"打得满身青紫回家，我抱着她心疼地大哭，她却没有流一滴泪，只说了一句："哭什么，没出息！"

1969年妈妈被关在校内28楼，每天排队出来吃饭时，都偷偷看看墙上的大字报。后来她回家笑着对我说："他们把我和杜勒斯挂上钩了，多有意思，这辈子第一次有人把我的身价抬得这么高！"她知道这些谎言不过是些肥皂泡，她很坦然，所以在"牛棚"时，大字报贴在她的床头，她仍能睡得很香。

几十年来，妈妈对祖国，对事业，对生活，总是保持着坚定的信念，正如她自己说的："我是一个压不扁的皮球！"

1986年5月20日，妈妈安静地走了，她没有留下任何遗言，也没有任何遗产。她留给我的是她对我那深沉的母爱。

（《作家文摘》总第919期）

冰心与林徽因的是非恩怨

·张耀杰·

1987年，晚年冰心在《入世才人灿若花》中列举"五四"以来著名女作家，其中公开赞美林徽因说："1925年我在美国的绮色佳会见了林徽因，那时她是我的男朋友吴文藻的好友梁思成的未婚妻，也是我所见到的女作家中最俏美灵秀的一个。后来，我常在《新月》上看到她的诗文，真是文如其人。"而在事实上，早年冰心与林徽因之间，曾经有过一些纠缠不清的是非恩怨。

谢林两家早年来往不断

冰心出生于福州三坊七巷谢家大宅，该宅院以前是黄花岗七十二烈士之一林觉民的故居，是冰心祖父谢銮恩从林家购得，而林觉民恰好是林徽因父亲林长民的堂兄弟。1913年，冰心随父母迁往北京，住在铁狮子胡同中剪子巷14号，其父谢葆璋时任民国政府海军部军学司长。与梁启超、汤化龙、孙洪伊等人同为立宪派领袖人物的林长民，当时是众议院秘书长。在普遍注重乡党情谊的民国初年，林谢两家自然是来往不断。

1923年，冰心于燕京大学毕业，并且得到美国威尔斯利学院的奖学金。同年8月17日，她与来自清华学堂和燕京大学的余上沅、吴文藻、许地山、梁实秋、顾一樵等人，由上海乘坐约克逊号邮船赴美留学。而吴文藻的清华室友梁思成由于意外车祸，只好与林徽因推迟到1924年同船赴美。1925年暑期，冰心和吴文藻到位于美国纽约上州中部的旅游城市绮色佳的康奈尔大学补习法语，与梁思成、林徽因相遇，冰心与林徽因在野餐时还留下一张珍贵合影。

《我们太太的客厅》中的林徽因

1933年9月23日，由杨振声、沈从文从清华研究院教授吴宓手中接编的天津《大公报》文学副刊，更名为文艺副刊出版第一期，此后每周三、周六各出一期。同年9月27日至10月21日，冰心的短篇小说《我们太太的客厅》在《大公报》文艺副刊逐期连载。

关于"美"太太与她的丈夫，小说中有极尽挑拨离间之能事的一段话：

> 书架旁边还有我们的太太同她小女儿的一张画像，四只大小的玉臂互相抱着颈项，一样的笑靥，一样的眼神，也会使人想起一幅欧洲名画。此外还有戏装的，新娘装的种种照片，都是太太一个人的——我们的太太是很少同先生一块儿照相，至少是我们没有看见。我们的先生自然不能同太太摆在一起，他在客人的眼中，至少是猥琐，是市俗。谁能看见我们的太太不叹一口惊慕的气，谁又能看见

我们的先生，不抽一口厌烦的气？

李健吾曾在回忆自己与林徽因的交往时写道："我记起她亲口讲起的一个得意的趣事。冰心写了一篇小说《太太的客厅》讽刺她，因为每星期六下午，便有若干朋友以她为中心谈论时代应有的种种现象和问题。她恰好由山西调查庙宇回到北平，带了一坛又陈又香的山西醋，立时叫人送给冰心吃用。她们是朋友，同时又是仇敌。"

李健吾所说的仇敌，指的不是男性之间争强斗狠、你死我活的同性仇杀，而是女性之间争风吃醋、娥眉善妒的同性相斥。正是在这个意义上，他对林徽因的评价是："绝顶聪明，又是一副赤热的心肠，口快，性子直，好强，几乎妇女全把她当仇敌。"

冰心与林徽因的误解

撇开半真半假的影射小说《我们太太的客厅》不论，现实生活中的谢冰心与林徽因之间，曾经长期处于相互诋毁误解的状态。

1931年11月25日，也就是徐志摩遇难的第六天，冰心在写给梁实秋的书信中表白说：

> 志摩死了，利用聪明，在一场不人道、不光明的行为之下，仍得到社会一班人的欢迎的人，得到一个归宿了！……人死了什么话都太晚，他生前我对着他没有说过一句好话，最后一句话，他对我说的："我的心肝五脏都坏了，要到你那里圣洁的地方去忏悔！"我没说什么，我和他从来就不是朋友，如今倒怜惜他了，他真辜负了他的一股

子劲！谈到女人，究竟是"女人误他？"还是"他误女人？"也很难说。志摩是蝴蝶，而不是蜜蜂，女人的好处就得不着，女人的坏处就使他牺牲了。

借着死者的名义以"圣洁"自夸的冰心，所要表白的是只有她自己才是值得包括徐志摩、梁实秋在内的所有男性钟情热爱的最佳女性；同为女性的林徽因、陆小曼，是用她们的"女人的坏处"，害死了天才诗人徐志摩。为了进一步表白贤妻良母式的"圣洁"，冰心推心置腹道："我近来常常恨我自己，我真应当常写作，假如你喜欢《我劝你》那种诗，我还能写他一二十首。无端我近来又教了书，天天看不完的卷子，使我头痛心烦。是我自己不好，只因我有种种责任，不得不要有一定的进款来应用……"

冰心料想不到的是，徐志摩生前写给陆小曼的一封家书，印证了她所谓"他生前我对着他没有说过一句好话"，其实是虚假矫情的不实之词。1928年12月梁启超病重，徐志摩从上海赶到北平看望，期间曾到清华大学拜访罗家伦、张彭春等人，"晚归路过燕京，见到冰心女士，承蒙不弃，声声志摩，颇非前此冷傲，异哉"。

到了1992年6月18日，中国作协的张树英、舒乙登门拜访，咨询王国藩起诉《穷棒子王国》作者古鉴兹侵犯名誉权一案，冰心在谈话中有意无意地承认了自己利用小说进行影射的历史事实："《太太的客厅》那篇，萧乾认为写的是林徽因，其实是陆小曼，客厅里挂的全是他的照片。"

被冰心影射的林徽因，同样没有免除传统女性争风吃醋、娥眉善妒的陋习。她在1940年写给费正清、费慰梅夫妇的书信中写道：

但是朋友"IcyHeart"却将飞往重庆去做官（再没有比这更无聊和无用的事了），她全家将乘飞机，家当将由一辆靠拉关系弄来的注册卡车全部运走，而时下成百有真正重要职务的人却因为汽油受限而不得旅行。她对我们国家一定是太有价值了！很抱歉，告诉你们这么一条没劲的消息！

这封英文信后来由林徽因的儿子梁从诫翻译为中文，收入《林徽因文集》。另据冰心1947年4月发表在日本《主妇之友》杂志的《我所见到的蒋夫人》一文介绍，她与当年的第一夫人宋美龄是先后在美国威尔斯利女子学院留学的校友。1940年夏天，宋美龄以校友名义邀请冰心、吴文藻夫妇到重庆参加抗战工作，冰心夫妇的人生轨道和家庭命运由此改变。

实事求是地说，在抗日战争最为艰苦的1940年前后，冰心、吴文藻夫妇应中国战区最高长官蒋介石及其夫人宋美龄的邀请为国效力，本身就是正直爱国的表现。

（《作家文摘》总第1732期）

史良：女汉子与女君子

·何远琼·

史家女汉子

史家是江苏常州八大名门之一，但到史良父辈时家道早已败落。史良上有三个姐姐，下有三个妹妹和一个弟弟，幼年时过的常常是吃了上顿没下顿的日子。幸亏史良天生体质强悍，才逃过了她三个姐妹早夭的命运。

所幸的是，她父亲史刚并没有惯常地重男轻女，在家境困难的情况下，还把大女儿送进新式学堂，自己也教别的未能入学的孩子学些四书五经。她母亲刘璇出自书香之家，在困苦生活里保有一份旧式大家女子的从容和大方。

史良14岁时，不顾已该结婚生子的旧俗，在她已毕业工作的大姐支持下，进入武进女子师范附小求学。她珍惜受教育机会，读书认真，又热心时事，敢于抗争不合理社会现象。五四运动时，她积极参与爱国宣传演讲，编发进步刊物，带领同学上街查抄日货当众焚烧。她的胆略和才华让她在诸多学子中脱颖而出，成为常州学潮运动的风云人物。

1932年，史良在法租界开办律师事务所打赢首个案子赚得500大洋后，就像她大姐那样，担当起养家糊口的责任。1933年，她父亲病逝后，史良索性把母亲、弟弟妹妹接到上海同住，并供两个妹妹到学校读书。

爱国女君子

史良在上海律师执业后，常常免费代理穷人官司，有时她还倒贴杂费和当事人住宿费。而且史良并不止步于做个不出卖灵魂的律师，她在自己办公桌上摆放一面银盾，上刻"人权保障"四个大字，以提醒自己不断追求民主进步。在此精神下，史良参加了宋庆龄、蔡元培等人发起的中国民权保障同盟，担任了中国共产党设立的中国革命互济会律师。她不顾个人安危，先后参与了贺龙妻子向元姑和熊瑾玎、艾芜等多位政治犯的辩护和营救工作，成长为关心政治和民族命运的知名女政治活动家。

1936年11月，全国救国会发动了上海日商纱厂工人抗日罢工，日本驻沪领事机构要求国民党当局逮捕沈钧儒等救国会七领袖，解散救国会和取缔罢工。23日凌晨2时许，法租界巡捕房应上海市公安局的请求，带人包围了史良的住所。早已预想过会有这么一天的史良，很从容地走出三楼门房。是夜，救国会七领袖同时被捕，这就是著名的"七君子"入狱事件。

在"七君子"暂获保释又被传到案时，史良从十分钦佩她敢于营救政治犯的法院熟人处得知消息，得以及时躲藏，为不连累其他

6人无谓送死，史良决定等时局好转再去投案。国民党为此悬赏5万元捉拿她，史良毫无畏惧，还特意在上海爱文义路一张通缉她的布告下拍了一张照片，以嘲弄当局。西安事变后，国内形势转变，为避免被抓获对救国会和自己都不利，她身着裘皮大衣乔装成贵妇人，坐小轿车去苏州高等法院投案。法院还以为来了什么大人物，都不敢置信史良是来投案。

凌然清贵的爱情

史良有难得的大气，在感情生活上也是春梅一样凌然清贵。在她成为上海滩大律师后，一表人才却大龄未嫁的她，难逃流言蜚语。史良却心有定见，不为所动。她曾对记者说，独身并不是一件多高尚的事，结婚也不是一件多低微的事，高兴结就结，不愿结就不结。抗日战争爆发后，史良在重庆和武汉期间，和罗隆基的恋爱关系已基本被大家默认。但多才多情的罗隆基转为追求浦熙修时，史良立即结束了这段恋情。后来，史良与营救政治犯过程中相识的法租界巡捕房翻译陆殿栋确立恋爱关系，并于1940年结婚。据说，史良与陆殿栋虽早就认识，却是在宋庆龄的撮合下才成为恋人的，陆殿栋在史良的支持下留学哈佛6年期间也曾薄情别恋，差点不想回国。章诒和曾提到她父亲章伯钧私下评论陆殿栋并非史良的良配。

但事实上，陆殿栋高大英俊，法语英语都很好，是史良营救政治犯时的亲密战友。史良肯下嫁比自己小7岁的陆殿栋，尽管没有像对罗隆基那样的仰慕和激情，但肯定还是有一份真挚的欣赏和感情。陆殿栋是个非常讲究生活情调的人，年轻时经常陪史良去西餐厅、郊外骑马。新中国成立前夕史良逃避国民党特务的追捕时，每一次转移、藏匿，都有陆殿栋共陪同共患难。新中国成立后陆殿栋对史良生活起居照顾有加，比保姆还要保姆。章诒和曾写到，和史良一家同去青岛的火车上，陆殿栋用自备的钉子布料，熟手熟脚地为史良搭好午休用的床帏；史良晚年多病，陆殿栋有专门的本子记录史良看病吃药的时间，把史良照顾得妥妥帖帖。史良曾对章诒和的母亲哭诉过："小陆一走，我的生活再也没有好过。我每天都在怀念他，回忆从前的日子。"史良身居高位，并不缺照顾她生活的人，恐怕史良怀念陆殿栋，并不只是怀念一个贴心的保姆。

罗隆基1957年被定为极右派分子后，曾经和他十分亲密的好些恋人，都在当时的政治重压下纷纷出来批斗他。时任民盟中央副主席的史良，也曾高举批判的矛头狠狠刺向这个和她曾经无比亲密的恋人。但同时史良又找有关方面说，把他们从政治上打倒就行了，不一定降低他们的工资待遇，剥夺他们政协委员的资格，以至于被认为是为其翻案，在"文革"中为此屡受批斗。在一次对她的批斗会中，一些民盟机关干部，把从罗隆基处搜罗到的史良曾写的情书拿出来当众宣读，并质问史良和这个大右派到底是什么关系。史良努力挺直被人压弯的腰，大声回答："我爱他。"

新中国成立后，史良任司法部部长，因法律与政治亲近，许多非党人士都缩手缩脚不敢表态，史良却敢说敢做，和沈钧儒领导的最高人民法院密切合作，为新中国法官、律师、公证员等司法制度的建立健全，做了大量奠基性和创建性的工作。

（《作家文摘》总第 1734 期）

许广平笔下的萧红

·大 民·

萧红与萧军在 1934 年 10 月抵达上海，不久即与鲁迅结识，鲁迅给了他们很多帮助。许广平曾写过两篇关于萧红的回忆文章，通过她的文字，使我们能够从一个侧面增进对这位女作家的了解。

很多资料上记载鲁迅与萧红、萧军的第一次见面，是在内山书店，但据许广平的回忆，双方的第一次见面应该是在一个咖啡馆里，"大约一九三四年的某天，阴霾的天空吹送着冷寂的歌调，在一个咖啡室里我们初会着两个北方来的不甘做奴隶者"。许广平还特意用一段文字记下了她眼中的萧红："中等身材，白皙，相当健康的体格，具有满洲姑娘特殊的稍稍扁平的后脑，爱笑，无邪的天真，是她的特色。"

自那以后，萧红便成了鲁迅家的常客，萧红经常一个人来到鲁迅家，一坐就是大半天："但每天来一两次的不是他（指萧军）而是萧红女士，因此我不得不用最大的努力留出时间在楼下客厅陪萧红女士长谈。"在这段话里，许广平用了"不得不"三个字，可见萧红的经常到访，已经打扰了鲁迅及许广平生活的平静，虽然许广平仍在尽全力陪萧红聊天，但内心其实是很勉强的。在另一段文字中，这种"勉强"的心理就更明显了："萧红先生无法摆脱她的伤感，每每整天的耽搁在我们寓里。为了减轻鲁迅先生整天陪客的辛劳，不得不由我独自和她在客室谈话，因而对鲁迅先生的照料就不能兼顾，往往弄得我不知所措。"因为萧红的到访，还使鲁迅先生生了一次病："也是陪了萧红先生大半天之后走到楼上，那时是夏天，鲁迅先生告诉我刚睡醒，他是下半天有时会睡一下中觉的，这天全部窗子都没有关，风相当的大，而我在楼下又来不及知道他睡了而从旁照料，因此受凉了，发热，害了一场病。"许广平和鲁迅并没有因此迁怒于萧红，也没有因此怠慢萧红，而是把这件事隐瞒了下来："我们一直没敢把病由说出来，现在萧红先生人也死了，没什么关系，作为追忆而顺便提到，倒没什么要紧的了。只不过是从这里看到一个人生活的失调，直接马上会影响到周围朋友的生活也失去了步骤，社会上的人就是如此关连着的。"

对于萧红在文学方面的才华，许广平给予了很高的评价，同时也为萧红坎坷的命运而叹息不已："总之，生活的磨折，转而使她走到文化领域里大踱步起来，然而也为了生活的磨折，摧残了她在文化领域的更广大的成就。这是无可补偿的损失！到现时为止，走出象牙之塔的写作，在女作家方面，像她的造诣，现在看来也还是不可多得的。如果不是在香港，在抗战炮火之下偷活的话，给她一个比较安定的，舒适的生活，在写作上也许更有成功。或竟丢弃写作自然也不是绝不可能，这不必我们来作假定。"

许广平还谈到了萧红作为女性的细心，鲁迅去世后的第五天，远在日本的萧红曾写信给萧军，嘱咐他说："可怕的是许女士的悲痛，想个法子，好好的安慰着她，最好是使她不要静下来，多多的和她来往。"因为这个建议，所以鲁迅去世之后，萧军、黄源、聂绀弩夫妇、张天翼夫妇、胡风夫妇等多位朋友便时常来许广平家陪她聊天，有时也拉她去看电影，许广平因此十分感激萧红的细心，在萧红去世后，她慨然道："鲁迅先生逝世后，萧红女士叫人设法安慰我，但是她死了，我向什么地方去安慰呢？"

许广平在回忆中，还写到了萧红具有侠义精神的一面：鹿地亘是日本作家，因为左倾嫌疑而被日本当局拘捕，释放后来到中国，从事文学翻译工作。1937年8月以后，中日两国间的关系非常紧张，鹿地夫妇住在旅馆中，周围全是监视的人，差不多所有友人都不敢与他们见面了，但萧红却依然冒着风险去探视鹿地亘，"这时候，唯一敢于探视的就是萧红和刘军（即萧军）两先生，尤以萧先生是女性，出入更较方便，这样使得鹿地先生方便许多。也就是说，在患难生死险头之际，萧红先生是置之度外的为朋友奔走，超乎利害之外的正义感弥漫着她的心头，在这里我们看到她却并不软弱，而益见其坚毅不拔，是极端发扬中国固有道德，为朋友急难的弥足珍贵的精神"。

（《作家文摘》总第 1882 期）

林徽因和母亲何雪媛

·伊 北·

林徽因很少提及自己的童年，但在她的小说《绣绣》中，她的童年体验却展露无遗。她和母亲的关系，是那样纠结。都说女儿是妈妈的小棉袄，但林徽因这件"小棉袄"，对于何雪媛来说，却滋味复杂。何雪媛是旧式的人，林徽因却是新式的棉袄。

小镇西施的母亲何雪媛

林徽因是新女性，留过洋，写新诗，搞建筑。她的父亲，她的丈夫，她的朋友，她周围的一切一切，都是那样崭新、明亮、向上，充满了朝气。唯独她的母亲何雪媛，是委屈的、守旧的、固执的、急躁的，像林徽因的背影，永远躲在阴暗之处，探着两眼，看世间的一切。

何雪媛是个来自浙江嘉兴的小镇西施。父亲是个小作坊主，家庭还算殷实，她在家里排行最小，免不了有种老幺的任性，女红学得不甚到位，处理人际关系上也欠缺技巧。何雪媛是林长民的续弦。大太太叶氏与林长民系指腹为婚，感情不深，她病逝过早，没留下子嗣。可想而知，何雪媛嫁入林家的重要任务之一，就是传宗接代。

何雪媛生过一男两女，只有一个女儿活了下来，就是林徽因。在重男轻女的时代，何雪媛得不到婆婆的喜欢，几乎成了必然。何况，女红、书法、诗词，她没有一样拿得出手，在出身大家闺秀的婆婆面前，何雪媛一方面可能是有些自卑，另一方面，即使偶尔想要表现，一不小心，却成了露怯。

旧时代，不孝有三，无后为大。何雪媛传嫡无望，林长民再娶，实是意料之中的事。结婚十年，何雪媛迎来了一位"妹妹"——上海女子程桂林，她不得不把丈夫分给程桂林。可叹的是，程桂林几乎是把何雪媛的丈夫囫囵个抢了过去。程桂林文化不高，但经过上海风物的熏陶，"乖巧伶俐"四个字，实实符合她，再加上年轻，能生，一连生了几个儿子，举家欢喜。偏偏林长民又是不懂掩盖自己欢喜情绪的人。他有个别号，叫"桂林一枝室主"，这一名字，显然是从"程桂林"三个字里化出来的。林长民住在"桂林一枝室"里，其乐融融。

林徽因和何雪媛被撵到了后院，住小房子。从此，前院承欢，后院凄清。母亲郁郁寡欢的形象，给林徽因留下了不可磨灭的印象。

母亲成为林徽因精神上的包袱

童年生活对于林徽因来说，是阴天多过晴天。父亲和母亲在她的生命中，画出了一道界线。父亲那边是晴天，是明朗的、向上的、簇新的，母亲这边是雨天，是阴郁的、沉寂的、钻心的。何雪媛的急脾气，恐怕多少也影响到了林徽因性格的养成。林徽因也是急脾气，心直、口快，耐不住。环境的不如意，让林徽因变得早熟。

一边是父亲，一边是母亲，林徽因夹在中间，感情的纠结可想而知。梁从诫回忆母亲时说：

> 她爱自己的父亲，却恨他对自己母亲的无情；她爱自己的母亲，却又恨她不争气；她以长姊真挚的感情，爱着几个异母的弟妹，然而，那个半封建家庭中扭曲了的人际关系却在精神上深深地伤害过她。

偏偏林长民49岁因战祸去世。在漫长的岁月里，林徽因需要独自面对一个怨尤颇多且不理解她的母亲。何雪媛一直是林徽因精神上的一个小包袱。林徽因的语言天分了得，据说吵起架来也分人，跟梁思成用英语吵，跟保姆用普通话说，跟母亲何雪媛，则一律用福州话，只有母女两人听得懂。说福州话的老妈妈何雪媛，代表林徽因曾经的那个不甚完美的家。林徽因常常还需要应对母亲和二娘之间的关系。那种人际关系处理上的压迫与纠结，纵使林徽因心胸豁达敞亮，想来也免不了受些不必要的夹板气。祖父林孝恂去世后，林家搬到了天津。父亲林长民在北京忙于政事，天津家里上下里外，两位母亲，几个弟妹，都需要十二三岁的林徽因打点照料。她俨然一个民国探春，事情逼着，不成熟也得成熟。

母亲何雪媛是林徽因嫁入梁家的催化剂

1925年，林长民不幸死于战乱。通知林徽因这个坏消息的重任，很自然地落到了梁启超身上。

林徽因和梁思成一同赴美，在美国相互依靠，但就精神层面，梁思成未必能充分满足林徽因的内心渴望。她内心深处，一直为徐志摩而纠结。可林长民一去世，林徽因几乎变得毫无选择权。

梁启超在给梁思成的信中这样写：

> 万一不行，消息若确，我也无法用别的话劝解她，但你可以将我的话告诉她：我和林叔的关系，她是知道的，林叔的女儿，就是我的女儿，何况更加以你们两个的关系。我从今以后，把她和思庄一样看待，在无可慰藉之中，我愿意她领受我这种十二分的同情，度过她目前的苦境。

梁启超拍胸脯保证，是帮忙，也是束缚。即使林徽因在感情上有更多的想法，也只能是"结婚大吉"，梁家的帮助，除了以身相许，她似乎无以为报。更何况，林徽因经济上尚未独立，她还有母亲需要赡养。

对于突如其来的打击，何雪媛定然也是手足无措。她一辈子靠别人吃饭，在儿女婚事上也便丧失了发言权。梁启超问她有什么话需要转告林徽因，她只说："没有。只盼望徽因安命，自己保养身体，此时不必回国。"安命，何雪媛一辈子做得最多的，就是"安命"二字。

但即便是安命，何雪媛常常还是会有些恼人的小挣扎。程桂林的儿子林恒从福建上北平投考清华，寄住在姐姐林徽因家。林徽因真诚坦率，对弟弟林恒照顾有加。但何雪媛却过不了心里那道坎，一有机会，便因鸡毛蒜皮的小事，跟林恒闹不愉快。

林徽因：妈妈把我赶进了人间地狱

何雪媛的心态，虽然有点小扭曲，但也完全可以理解：她不是对林恒不满，而是对林恒的母亲程桂林在林家的顺遂耿耿于怀。可是，这到底不是她的家。这是梁家，新式的、开明的梁家。她的委屈和小脾气，大部分时候，派不上用场。她的恨，也只是因为没得到爱。

林徽因在给费慰梅的信中说：

> 最近三天我自己的妈妈把我赶进了人间地狱。我并没有夸大其词。头一天我就发现我的妈妈有些没气力。家里弥漫着不祥的气氛，我不得不跟我同父异母的弟弟讲述过去的事，试图维持现有的亲密接触。晚上就寝的时候已精疲力竭，差不多希望我自己死掉或者根本没有降生在这样一个家庭……那早年的争斗对我的伤害是如此持久，它的任何部分只要重现，我就只能沉溺在过去的不幸之中。

1937年全面抗战爆发，林徽因和梁思成带着孩子和何雪媛这位老妈妈辗转南下。苦日子无穷无尽地扑过来。林徽因忍受着、抗争着，在贫穷、病痛和精神的消磨中度日。

在四川李庄，林徽因经历了人生中最艰难的岁月，她几乎被熬干了。可即便如此，何雪媛与林徽因的摩擦，也没有因为苦难而减少。林徽因说：

我自己的母亲碰巧是个极其无能又爱管闲事的女人，而且她还是天下最没有耐性的人。刚才这又是为了女用人……我经常和妈妈争吵，但这完全是傻帽和自找苦吃。

林徽因的一生中，跟父亲林长民的合照不少，尤其1920年左右在伦敦时期，摆脱了家庭的束缚，林徽因和父亲是父女，也是朋友。和母亲何雪媛却不是这样。我们几乎看不到林徽因和何雪媛的合照。在林徽因的世界里，何雪媛是一个无声的存在。

何雪媛大半辈子都是跟着林徽因过。1955年，林徽因因病去世，她便跟女婿梁思成一起生活。后来，梁思成再娶，她也依旧是丈母娘，跟女婿同一屋檐下过日子。再后来，梁思成也去世了，林洙便接过担子，负责照顾何雪媛的起居。周总理听说林徽因母亲健在，安排每月补贴何老太太生活费50元。

到了"文革"，红卫兵来抄家，在箱子底抄出一把刻有"蒋中正赠"的短剑，那是林恒的遗物，林徽因珍藏，没想到兜兜转转，连累到何老太太。当年，她不予他方便，如今，他的遗物给了她不大不小的惩罚。何雪媛作何感想？

何雪媛的一生，是"近乎无事的悲哀"，她总是默默地，躲在别人背后，发不出什么建设性的意见，却时不时地闹出一些脾气，制造一些不愉快——她也许只是缺少爱。

（《作家文摘》总第1903期）

我的姑婆赵四小姐

·赵 荔·

生米煮成夹生饭

在我以上三代，赵家有十个孩子，四女六男，分着排号，所以就有了赵四。她是女孩中最小的，大名叫赵一荻。我爷爷是男孩子里最小的，所以是赵六。他们年纪差不多，又是同父同母的兄妹，关系很要好。我家那时出名的是同父异母的男赵四和女赵四。四妹妹尤其崇拜留学美国、回国后又在美军就职的四哥。为了表示对哥哥的景慕，就根据哥哥的英文名字 Kenneth 给自己也起了一个英文名字，叫 Edith，谐音就是一荻。

赵四与张学良关系酿成世纪话题，其实非常偶然。当年她不过就是去找张学良玩玩，并没有什么"私奔"的念头，但当时嫉妒心特别重的大姐跑到父亲那里挑唆，说四妹跟有妇之夫的军阀私奔了。赵老爷子当时做北洋政府交通部次长，很重视脸面，他在不明真相的情况下，一气之下就让原本与四妹关系不太好、同父异母的五哥去《大公报》发声明，宣布与小女儿脱离关系。这下生米煮成夹生饭了。如果当时有人劝一下就没事了。

很重视传统的四小姐很把父亲的决定当回事，只好将错就错，跟在张学良身边。这一待就是一辈子，从此父女再也没有见过面，没说过话，没通过信。

他们父女二人心里都非常爱对方，彼此挂念。震惊中国的"西安事变"发生60年之后，1996年的一天中午，与往常一样，我和四姑婆坐在他们住所楼下的餐厅里。老太太很认真地对我说："小荔啊，我知道我爸爸心里还是爱我的，我让他觉得丢脸了，没法再见我了。可是他一直在关注有关我的消息。"我认真听着。老人继续说："就在我跟你四姑爷被送到台湾前，我爸爸托人把他用了一辈子的象牙筷子送来给我。所以我知道他是爱我的。"

她说话的样子很平静，可是语调深沉，充满感情。她接着说："我快回天家了，我走了以后，我要你把那副筷子拿去收好。因为我知道你在乎我们赵家的历史，你一定会很好地保存它的。你女儿也会在乎的，你以后要传给她。"

我有时很想用这副被爱恨欢欣浸透了的筷子吃饭，尝尝这积攒沉淀了百年来两代人生的酸甜苦辣，可又舍不得抹去粘在筷子表面上的两代人的手印。

"反正我是不走了！"

小时候家里人很少提到张学良和赵四，不希望别人知道我们有亲戚关系。在那个不平静的年代，我们已经整天都莫名其妙地为不同的祖先挨打、游街、受批斗。

1990 年，年届九十的张学良重获自由。次年，两位老人就到美国探亲访友。那时，我爷爷已经去世多年了，我奶奶得知消息，马上从上海飞到旧金山与四妹团聚。1993 年圣诞节，两位老人的孙子到夏威夷度假，邀请爷爷奶奶同行。老两口非常珍惜以自由人的身份享受天伦之乐的机会，一口答应下来。

谁也没想到，从此他们在夏威夷定居了。后来四姑婆告诉我：我四姑爷来到夏威夷以后就喜欢得不得了。过完圣诞节和新年后就跟四姑婆说："我喜欢这个地方，不走了。"四姑婆一听吓了一跳，跟他说："我也喜欢夏威夷，可是夏威夷这么贵，我们人生地不熟的，怎么过日子啊？"四姑爷说："那我不管，反正我是不走了！"她说："你四姑爷是军人出身，就会下命令，其他都不管。所以我就必须想出如何能留在夏威夷的办法。"

他们本是来旅行度假的，住在希尔顿度假村，各种条件都超棒。可是即使你再有钱，也不可能长期住在酒店里。四姑婆跟我说："当时我心里很着急，不知道怎么样能支付得起住在夏威夷的生活费用。后来我想，我们已经这个年龄了，如果你四姑爷说不走了，那我们肯定会在夏威夷一直住到死的。所以我就决定把我们在台湾北投的房子卖了，用那个钱在夏威夷生活。"亲戚们给她出主意，要他们找拍卖公司，拍卖他们的东西。

张学良在台湾初期，蒋介石只允许他跟规定的几个人来往，其中有张群和张大千。他们"三张"很投契，成了至交。张大千送了张学良不少字画和其他礼物。张学良研究明史多年，有不少明朝的书画。这一切加上少帅的名声，苏富比主持的拍卖会非常成功，一共卖了 13289 万新台币。四姑婆也没想到他们的东西能卖这么多钱！"这都是上帝给我们的预备。"这下放心了，今后在夏威夷的生活不但不成问题了，而且还用不完。

"什么英雄，狗熊！"

他们来夏威夷的消息我是在电视上看到的。我1984年自费到美国留学读研，1987年定居夏威夷。先生是经济学教授，美国人。看到新闻报道，我根本没有去"认亲"的打算，觉得他们是名人，跟我没关系。可是我奶奶跟赵四的感情很深，所以为了看四妹，奶奶又从上海飞过来了。

1994年6月1日，张学良过93岁生日，我和奶奶应邀出席寿宴。那是我第一次见到两位老人，还有很多张家的亲戚。寿宴后第二天，张家五奶奶（就是张学良五弟的夫人）托我奶奶来问我，我年轻，又能开车，可不可以帮两位老人跑跑腿，比如去药房拿药、去商店买买东西什么的。我当时刚开始做全职妈妈，不是很忙，就一口答应了。随后，我把我先生和当时3岁的女儿带去给他们认识。两位老人一见我女儿就爱得不得了，尤其是老先生，很爱跟我女儿玩。这两个相差90岁的人投契得不亦乐乎，嘎嘎直笑。四姑婆跟我说："你四姑爷这么喜欢你女儿，你一定要多带她来。"从那以后，我，还有我们一家，就几乎天天跟两位老人在一起了。直到他们去了天家。

他们与世隔绝多年，对外界所知甚少。

有一天我告诉两位老人，中国大陆有不少关于他们的书、电影和电视剧。看过的人说，艺术家笔下的张学良常常落泪，动不动就哭。老先生笑坏了，"我从来不哭"。我又说："电影里的你好会跳舞，说你跟四姑婆是在舞场认识的。"老爷子又笑了："我哪会跳舞啊，我一上舞场就走正步。我就会走正步。"照顾两位老人多年的上海姑娘又告诉老先生："在电视剧里，您老年的时候，上床睡觉前把假牙摘下来放在床头柜上，很有意思的。"因为我们都知道老爷子一颗假牙都没有。四姑爷一本正经地说："他们搞错了，我太太一口假牙，我没有。得跟他们说一声，他们搞错了。"老太太接过话茬说："我年轻的时候就把牙全拔了，装了假牙，因为要美。"我心说，我上哪儿跟谁说去啊，爱啥啥吧。我们说给二老听，不过就是想给他们点乐子，让大家笑笑罢了。

来夏威夷之后，很多人喜欢来找我四姑爷写字，收藏。老先生常常会跟来人说，你们找错人了，我写字写得不好。你们应该找我太太，她写字写得比我好多了，她练字练得非常棒。我会逗他："您的字不好，可是值钱啊，我四姑婆的字好是好，可是没人来跟她要啊。"

四姑爷常跟我说："我24岁带兵跟吴佩孚打仗打胜了。那时我很年轻，没人知道我，结果把吴佩孚打败了，一下子就出名了。"晚年在夏威夷，邓朴方带着一群人来看望张学良，两人一见面，邓朴方激动地握着少帅的双手说："您好！民族英雄！"老先生回答说："什么英雄？狗熊！"把邓先生一行人吓了一跳，以为自己听错了。

"赵氏尊严"

四姑婆最衷情的是周游世界，她年轻的时候去过世界上许多国家，年纪大了以后，她就通过《国家地理杂志》和《旅行者》杂志遨游世界。她的书桌上有一个地球仪，书桌抽屉里有各种各样的地图。她是一个真正活到老学到老的人，每天阅读，记笔记，学习新的知识。她的英文非常棒，几乎跟说母语一样流利。她平时的阅读基本都是英文的。阅读以外，我四姑婆还喜欢摄影，对烹饪也很有研究。

老太太去世的那一年（2000年），每天中午，四姑爷在楼上喝营养水当午餐，我跟四姑婆看他喝完后午睡了，有护士照料身边，就一起到楼下餐厅吃午餐。这种时候，老太太就会跟我讲赵家的老事，向我打听现在赵家的事和人。

老太太最喜欢给我讲这个故事：张学良下野后，我们一起戒了毒，去欧洲考察旅行。我们在摩纳哥公国的那天，你四姑爷跟部下都去赌场了，我一人坐在面对大海的豪华餐厅里吃美食。一个套餐有五道菜，每一道都好吃极了。吃完以后我对服务员说，你们的菜太好吃了，我还要从头到尾再吃一遍。服务员看了看身材瘦小的我说："女士，您已经吃过这全套的五道菜了，别再吃了，明天再来吧。"我告诉服务员，我没有明天了，我们待会儿就要离开摩纳哥。所以我要趁自己还没走之前再享受一遍你们的美食。服务员明白了，很高兴地从头到尾每一道菜又给我上了一遍。我也就从头到尾重新吃了一遍，而且全都吃完了。

她本人很喜欢吃甜的，特别怀念小时候跟我爷爷一起常吃的猪油白糖拌饭。说到我爷爷，她说，他们一直很要好。我爷爷和奶奶结婚以后，她们姑嫂之间也特别亲密。西安事变以前，他们总在一起玩。

西安事变那天，我爷爷本来正计划坐火车从北京去西安看妹妹的，可他突然生病未能成行。即便如此我爷爷也躲不过西安事变的牵连。四姑婆说："当时我很内疚，因为我的牵连，我哥哥跑到上海，既没工作又没钱，房子也要租。可是我从一开始跟着你四姑爷就下定决心，我们赵家绝不要沾张家的光，不欠张家的情。所以我就没有帮助你爷爷。后来我们到了台湾以后也是一样。虽然我有哥哥住在那里，可是我没有联系过他们一家，直到我们获得自由以后，我侄女来帮助我整理文件，而我始终没有利用过你四姑爷的关系帮助过他们任何人。"

老太太没有跟我特别解释过她为什么把赵家跟张家的界限划得这么清楚。但是我好像可以猜得到：她不能让张家人小看赵家人。四姑婆多次告诉我说："我们赵家从我爷爷那辈起就特别重视教育。我的父辈全都是受过高等教育的，有些甚至在那个年代就留学海外了。到我们这一辈就更是个个都从小就被送到最好的洋学堂学习。"听得出来，我四姑婆是充满"赵氏尊严"的。

"我最爱的只有上帝还有你四姑爷"

四姑婆年轻时吸烟，加上15年前因肺癌切除了一叶肺，她的呼吸系统不是很强壮，需要戴氧气罩帮助呼吸，挺辛苦的。四姑婆常常跟我说："我真的是活得很累了，可是我实在是舍不得你四姑爷。我最爱的只有上帝还有你四姑爷。"每次听到老太太这样说，我都不知道说什么好，因为世界上是没有任何人能够取代赵四小姐在张学良生命中的位置的。我无法向老太太保证我们会替她照顾好老先生。

后来，上帝还是把老太太先接走了。老太太走了以后，我四姑爷最常叨叨的一句话就是："我太太走了，我很想她。我俩最好了。"而老太太在世的时候也经常非常深情地对我说："你看，你四姑爷多帅呀！"

四姑爷晚年头上永远戴着一顶小黑帽子，是老太太用特选的、柔软的日本棉线一针一针钩编出来的。因为小帽子常常洗晒，颜色会褪，所以老太太每年都要钩织好几顶新的。老太太最后跟我说，要我学会钩那特殊的帽子，在她走了以后继续给我四姑爷钩。可是我没学。因为我有预感，老太太会给老先生准备好他一辈子够用的帽子的。也就是说，张学良这一辈子只会戴赵四小姐亲手为他钩织的帽子。

（《作家文摘》总第 1907 期）

赵一曼身世之谜

· 刘仕雄 ·

姐姐寻亲

新中国成立后，欢庆胜利的人们没有忘记寻找在战乱中失去联系的亲人和朋友，各种报刊上都开辟了寻人启事专栏。此时，在四川省泸州市工作的李坤杰深深地思念着早年外出参加革命、离家多年的妹妹李坤泰。她只知道，1926年李坤泰入党后，经宜宾党组织推荐到武汉，考上了黄埔军校武汉分校；后又到苏联留学，并和一位姓陈的同志结婚；回国后，李坤泰（又名李淑宁、李一超）到白区（东北）工作，从此与家里失去了联系。

1952年的一天，妹妹李坤泰早年在宜宾女中的同学郑双璧拿着一张2寸大的照片找到李坤杰，由此了解到，1928年，李淑宁和陈达邦结婚，婚后生有一子。

1930年4月，李淑宁和儿子即将分别时，在上海照相馆照了一张她抱着儿子坐在高背藤椅上的照片。李淑宁把照片拿给了好友郑易楠（郑双璧之妹），请她设法转交给李坤杰。

初现端倪

照片虽然提供了一些信息，但几年的时间过去了，李坤泰仍无下落。李坤泰就是赵一曼。解放初期，有两个方面在寻找赵一曼的身世。一是东北方面的有关部门，他们只知道赵一曼又叫李洁，从口音上分析是四川人。他们甚至还一度把赵一曼作为赵尚志的妹妹来寻找。因为赵一曼曾对人说："有人说我是赵尚志的妹子，那我就姓一回赵吧。"二是国务院宗教事务局局长何成湘，他曾是中共满洲省委组织部长，赵一曼的上级领导，知道赵一曼是四川人，本姓李。

1954年1月，李坤杰听说家住宜宾的四川省监察委员江子能要到北京开会，她立即前去向江说明情况，恳请他打听李坤泰的下落。就在会议即将结束的前一天晚上，何成湘来看望江子能（何系江的老乡和入党介绍人之一）。江向何提及李坤杰寻找妹妹李坤泰的事。同样在寻找赵一曼身世的何成湘一听，马上说："巧了，我也正想告诉你，电影《赵一曼》里面的主人公，就是姓李，也是四川人，但具体哪里的就不太清楚了，我在满洲省委工作时领导过她。""九一八"事变后，党为了加强对东北抗日工作的领导，决定派一批干部到东北去。1932年，赵一曼和一名姓曹的同志以夫妻名义被派到了东北。何成湘说："1933年4月，二人领导了哈尔滨300多名电车工人大罢工，由于身份暴露，老曹同志被捕牺牲。组织上决定把赵一曼的关系转移到珠河游击区。转移时是我代表省委找赵一曼谈的话。为了能更隐蔽，我当时建议她改姓李，她说她本来就姓李。到了游击区，老百姓都叫赵一曼'瘦李'。后来，她在游击区干得很出色。"

江子能回到宜宾后，立刻把得到的情况告诉了李坤杰。李坤杰难以相信："赵一曼？我的幺妹会是抗日英雄赵一曼？"但她还是立刻把照片给何成湘寄去，以便确认。

谜底揭开

一次偶然的机会，李坤杰到北京出差，在李一氓的引见下，专门去访问陈达邦的姐姐、任弼时的夫人陈琮英（1930年在上海时李一氓曾介绍李淑宁与陈琮英相识）。这时的陈琮英正担任中央机要局机要处处长。

与陈琮英相见后，李坤杰才得知陈琮英也正在找李淑宁，但她也不知道李淑宁就是赵一曼。从陈琮英那里，李坤杰得知陈达邦在政务院参事室任参事，孩子陈掖贤也已二十多岁，在北京工业学校任政治课教师。李坤杰终于和陈达邦父子见上了面。看到李坤杰带来的李淑宁的照片，陈达邦父子热泪盈眶，百感交集。陈达邦回忆："我同妻子在莫斯科分别时，她怀孕已经4个多月了。我建议解放以后再回国，她坚决不同意。她说，党的决定，不能还价。"

与此同时，东北烈士纪念馆也给李坤杰寄来了证明赵一曼就是李坤泰的信件。

1956年，《工人日报》的记者何家栋受何成湘的委托，拿着李坤泰的照片，来到了赵一曼曾经战斗过的黑龙江省进行采访、核证。记者找到了当年赵一曼从医院里出逃时用马车送她的车主魏玉恒。魏玉恒看了照片，立刻大声说："是她，没错。"

1957年，心情难以平静的陈掖贤来到母亲出生地四川宜宾。为了让后代继承母亲的遗志，陈掖贤把仅一岁多的女儿陈红从北京送到宜宾赵一曼出生的地方生活学习。

（《作家文摘·合订本》总第244期）

慈宁宫花园：艳与寂

·祝 勇·

慈宁花园，位于紫禁城内廷外西路，寿安宫的南面，与乾清门处于一个横坐标上。从乾清门广场向西出隆宗门，正对着一个永康左门，皇帝每日问安时，舆轿就停在这座门外。进入永康左门，眼前是一个东西向的横街，北面是慈宁宫，皇太极的庄妃、顺治帝的孝惠章皇后，都在慈宁宫住过。有人戏称这里为"寡妇院"。

皇太极·庄妃·宸妃

对于那个名叫布木布泰的小姑娘来说，13岁，成为她生命中至关重要的分界线。因为这一年，她嫁给了后金大汗努尔哈赤的儿子皇太极，变成了庄妃。她所在的博尔济吉特氏家族，是一代天骄成吉思汗所属的孛儿只斤家族的后裔，布木布泰的血管里流淌着成吉思汗的血。

大婚那一年，皇太极出城十里迎接。这份礼遇，不仅是献给庄妃的，也是献给她的家族、献给科尔沁草原的。

但庄妃没有想到，自己的命运，因一个人的到来而改变了。那个人竟然是自己的亲姐姐，美丽的海兰珠。

海兰珠是在后金天聪八年（明崇祯七年，1634年）入宫的，比庄妃晚了9年，她的到来，本来给庄妃平添了几分惊喜。

但谁也没有想到，慢慢地，美艳无双的海兰珠（宸妃），竟然成了皇太极专宠的对象。崇德元年（1636），宸妃被封为东宫大福晋，后来居上。清崇德二年（1637），宸妃在关雎宫为皇太极生下一名皇子，立即被皇太极定为皇太子。宸妃的地位更令人望尘莫及。

可惜好景不长，皇太子不到半岁就夭折了，连名字都没留下来。高傲的宸妃几乎被丧子之痛击垮。

第二年，后宫的情况就发生了逆转，庄妃终于生了一个儿子（此前她已经为皇太极生下三个公主）。两个孩子，一死一生，决定了大清王朝后世的皇帝将延续皇太极和庄妃的血脉。皇太极和哲哲皇后为新皇子起了一个吉祥的名字：福临。

福临三岁那一年（1641），宸妃终于带着无尽的伤痛和遗憾香消玉殒。

宸妃的离去，让皇太极陷入无以复加的痛苦。他深知，对大明的战争已到了关键时刻，他不能这样儿女情长。皇太极在理智与情感的纠结中艰难地度过了两年时光。崇德八年（1643）八月初九那天，皇太极办完政务返回哲哲皇后的寝宫——清宁宫，坐在南炕上，就再也没能站起来。他就这样，在52岁上潦草地离开人世，没有留下一句遗嘱，惨烈的皇位争夺战也就此拉开序幕。皇太极的弟弟多尔衮、兄长代善、皇长子豪格等，都在为谋取帝位而奔走。

五天过去了，皇位继承人还是没有尘埃落定。大清皇权也出现了长达五天的中断。八月十四日黎明，两黄族大臣在大清门盟誓，拥立豪格继位，两黄旗巴牙喇张弓持剑，包围了崇政殿，支持豪格的遏必隆等人也早已武装到牙齿，部署在大清门。但是，在崇政殿庑殿举行的贵族会议，却依旧在三股势力之间僵持着，没有人后退半步。多尔衮提出了一条折中意见，那就是三方各退一步，拥福临继位。

爱新觉罗家族自相残杀的悲剧，就这样化解了。八月二十六，福临成为顺治皇帝，他的母亲庄妃也和哲哲皇后一起被尊为"圣母皇太后"（即孝庄太后）。又过了十年（1653），17岁的顺治皇帝为了孝敬自己的母亲，下令在明代仁寿宫的故址进行改建，作为母亲的居所。这就是慈宁宫。

顺治·孝惠章皇后·董鄂妃

在权力的刀刃上行走多年之后，孝庄太后决计在这座宫殿里安心地老去。然而就在这时，她与顺治的关系急转直下。她亲自为儿子挑选的皇后，是自己的亲侄女、顺治的亲表姐。她试图以此来捍卫满蒙两大强势家族（爱新觉罗家族与博尔济吉特氏家族）的政治联姻。但顺治不接受这桩婚姻，理由很简单，这门亲事不是他自己选定的。顺治，这位叛逆期的少年，从此冷落母亲为他选定的皇后，而故意和其他女人亲热。对于皇后的失落，孝庄看在眼里，记在心上。年轻时独守后宫的那份凄凉，又自记忆的深处涌上来。

这段时间，慈宁宫成为两代皇后的居所。庭院深深，花红柳绿，遮不住皇后的寂寞，却激发了她的忿懑。毕竟，她是博尔济吉特氏家族的金枝玉叶，自幼被当作掌上明珠捧大的，骨子里天生带着几分傲气。这使她成为一个无比自我的女人，见到稍有姿色的宫妃宫女，就恶言相向，甚至擅自裁撤了宫里那群几乎由美女组成的弹唱班子，一律改用太监吹管弹弦。

终于，在顺治十年（1653），在与生母孝庄太后进行了长达三年的冷战之后，顺治不顾太后的反对和大臣们的冒死进谏，终于降旨废掉了皇后，贬为静妃，罪名有二：一是奢侈，二是善妒。

孝庄太后不能力挽狂澜，只好亡羊补牢。她于是又匆匆地开始了自己的婚介生涯，这一次，她依旧从科尔沁草原——自己的故乡为儿子领来了博尔济吉特氏家族的另外两位格格——自己的哥哥察罕的两位小孙女、顺治的侄女。虽然辈份有点乱，年纪却很相当，而且是双保险。顺治十一年（1654），顺治帝举行第二次大婚，两姊妹中的姐姐被封为皇后，即孝惠章皇后，妹妹被封为淑惠妃。

更重要的是，她吸取了上一次的教训，这位14岁的小皇后，性格比前一位皇后乖巧得多，对孝庄太后也十分孝顺。但她没有想到，故事并没有结束，而是刚刚开始。孝惠章皇后的命运比起她的表姑——从前的皇后、如今的静妃，还是好不了多少。

过尽千帆皆不是。顺治执意寻找自己心爱的那个人。那个人出现了，就是历史上著名的董鄂妃。

这一次，顺治认真了。与两位来自蒙古科尔沁草原、对汉文化知之甚少的皇后不同，董鄂氏是内大臣鄂硕的女儿，比顺治小一岁，从小随父亲居住在苏州、杭州、湖州一带，深受江南汉族文化的浸染，灵秀、妩媚、温柔、文雅，她的仪容风度，让顺治朝思暮想、夜不能寐。

顺治十四年（1657）十月初七，董鄂妃为顺治生下一个儿子，排行皇四子，欣喜若狂的顺治却称他为"朕第一子"，并举行了隆重的庆典。第二年正月二十四，这位刚过百日、同样没来得及起名的皇子，就在襁褓中离开了人世。董鄂妃肝肠寸断，自此缠绵病榻、形销骨立，后宫花园里的百花又开谢了三载之后，在顺治十七年（1660）八月十九这一天，在顺治的泪眼模糊中咽下了最后一口气。

一年后的正月初七，万念俱灰的顺治皇帝崩逝于养心殿。那一年，他只有 24 岁。

三天后，在孝庄的力主之下，顺治不到 8 岁的儿子玄烨即位，康熙大帝长达 61 年的执政生涯自此开始，顺治的第二位皇后孝惠也升级为"太后"，从坤宁宫搬到慈宁宫这座"太后"的收容所。从20 岁起，开始了她漫长的"太后"生涯，直到 77 岁过世。

（《作家文摘》总第 1911 期）

赛珍珠：都市洋场的乡愁

·徐茂昌·

朱厄尔女校的瘦弱女生

上海昆山路，悄然隐伏在苏州河北岸、虹口界内，是一条冷僻不起眼的街路。但这里的一所英语学校——朱厄尔女校却挺有名，被英美人略带夸张地称为"亚洲最好的"。

1909年初秋的一天，一位瘦弱腼腆的美国女孩来到了女校报到。没有人会想到，多少年后，这个瘦瘦的女孩会成为一位世界名人。她就是赛珍珠，由于对中国农民生活史诗般的描述，以及传记方面的杰作，她成了1938年的诺贝尔文学奖得主。

赛珍珠虽然是个美国人，却有半生的中国履历、萦绕一世的中国梦。就连伴随她终生的名字"赛珍珠"，也是一个十足地道的中国名。当传教士的父母带她到中国时，她刚出世三四个月，以后的十几个年头里，赛珍珠一直生活在使她一生都不能忘怀的"我的中国故乡"——扬子江边的古城镇江。镇江也有英租界，赛珍珠一家却没有住进去。赛珍珠后来回忆说："我没去过租界内那种舒适的范围狭小的生活，而是和中国人混在一起，在讲英语之前我先学会了讲汉语，所交的第一批朋友也都是中国人。"而且她坦诚地说，汉语才是她的母语。

在朱厄尔女校，看到数学就头疼的赛珍珠，对文学的兴趣却越来越浓。她开始学着写诗、写小说。那年《上海信使》杂志上，就发表过她的一首很长的诗，《上海信使》每月举行儿童写作竞赛，她几乎每次都能获胜。每当星期五学校文学俱乐部活动，她总会满带着感情，大声地朗读她写的小说，也总会深深打动一旁倾听的同学和老师。她感到这远甚于对上帝的情感体验。

第二年二月，她回镇江家中过春节，一去就再也没有回过朱厄尔女校。随后她去美国读大学，读完回到中国后，又经历了结婚、生子、当教师谋生的庸常生活。除了常居的镇江，赛珍珠几乎很少与上海交集。

重回上海，赛珍珠的婚姻出现了危机

赛珍珠重回上海，已经是 1927 年秋风扫落叶的时节。赛珍珠一家，加上她妹妹格蕾丝一家和另一个美国人家庭，在法租界霞飞路合租了一栋楼房。赛珍珠家在三楼占用一小套房间。屋子里都是人，她一面埋怨"已经受够了那个拥挤的房子"，一面却还是开始沉下心写作。

丈夫洛辛·布克待了没多久，便急不可待地赶回南京，去继续他的农学研究，他已经是一位很有名望的农学专家。但赛珍珠却选择了继续留在上海。望着丈夫匆忙离去的背影，她心里乱纷纷的理不出一个头绪。

结婚十年后的今天，让赛珍珠越来越怀疑，这是不是一场错误的婚姻。布克完全沉浸在自己的兴趣和事业上，他发表文章、做演讲、参加会议，并利用假期考察中国各处的偏远地区，除了农业研究以外对什么都不感兴趣。他几乎抽不出时间陪伴妻女，更不要说关注家中的琐碎杂务。赛珍珠提出要投身写作，也遭到了他的反对。他一厢情愿地认为，作为女主人的赛珍珠就应当安于职守——做一个教授夫人、一个不计酬的翻译和助理研究员，而不要作别的胡思乱想。

她发现她和布克之间已经有一道不可逾越的鸿沟。忽然惊醒时，不由让她猛觉一阵害怕。

还有让她更害怕的事，女儿卡罗尔刚生下来就患有严重的湿疹，没有人知道这就是智障的前奏。等到发觉一切都已晚了，女儿成了智障儿，成了一个永远长不大的孩子。

她对卡罗尔并没有放弃，在上海的一年里，她着手开发女儿的智力，陪着她一起玩耍，一遍遍唱歌给她听，虽然赛似对牛弹琴，她却仍不断重复着这样去做，每天都得花上十几个小时。她在绝望中仍怀着一丝微弱的希望，期冀奇迹能出现。

奇迹不会出现，只有难言的苦楚，如影随形般一直缠绕着她。赛珍珠还要提防外界对智障女儿的伤害。上海的白人社区也很势利，邻居对卡罗尔不太友善，其他小孩子会嘲笑或者欺负她，在大街上走过，一些陌生的白人太太也会指指点点。

这就是赛珍珠在上海那一年的生活际遇：婚姻之树上已落叶飘垂，天伦之乐中掺杂着丝丝苦痛。她把自己关在霞飞路的那栋三层楼上，开始更勤快地写作。

而且，给女儿治病需要大笔的钱，也只有靠她用写作去挣来。

这次在上海她写了一篇短篇小说，寄给她的美国代理人，在美国卖掉了。另一篇小说也在其他地方卖掉了。还收到了一笔稿费，让她偷偷地乐了一阵。

她指望能拓展她的写作事业。一天路过一家凯勒和沃尔什书店，在一堆书中看到一本脏污的小书《作家指南》，发现了纽约的两个文学代理人的名字。她给他们都写了信，开始频繁地与他们商讨她的出版计划。

一个白人成熟女性的洋场乡愁

因为从小置身于底层劳苦大众中，与他们常年"厮混"在一起，早已使赛珍珠培养起一种"穷人情怀"。她已经习惯用一个中国底层百姓的尺度，去衡量和判别这个动荡、混杂的世界。

而上海，是最让穷人愤世嫉俗的地方。因为是中国最富有的城市，穷富差别之大也就更加触目惊心——军阀和富翁们与他们的家眷住进外国租界，过着豪华奢侈的生活。而另一边，街头到处都是各式各样逃难的人群，大街上，乞丐和为生计而挣扎的人们忙忙碌碌，四处奔波。"上海那年比任何时候都更令人厌恶。"许多年之后，在她的回忆录里还这样愤愤不平地写道。

1927 年 12 月 26 日，过完圣诞的第二天，她在霞飞路的小楼里给纽约的一位朋友写信，语气更为激愤："……在上海，中国的豪富们生活奢靡挥霍，对现实漠不关心，对此我感到惊恐。"

不安在她身上骚动。因为在镇江时，有无数普通中国人成为她的朋友、伙伴、邻里，而在上海，她几乎没有一个中国朋友，只能蜗居在白人的狭小世界里。走进街头，置身中国人的人流中，她不能不时时提醒着自己——别忘了你只是个美国人，中国大地上的一个异邦客而已。

她担忧的正是她的白人身份。

1927年，正是上海滩走向1930年代"黄金岁月"的前夜，这里的十里洋场，洋人独占的公园、奢华的洋人俱乐部，以及各国巨富华丽的私人寓所等等，都仿佛在诉说着一个黄金都市的神奇传说。

父母多年前已发出过预示和警告。父亲赛兆祥曾严肃地告诉过她："在中国的传教士是不邀而至的，中国并不欠我们什么。我们从不平等条约中捞到不少好处，我想，当算账的日子到来时，我们肯定逃脱不了的。"不同的场合，母亲凯丽也以同样的语调告诉她："总有一天，中国人会夺回一切的。"

她的文学思考刮起了一股来自东方世界的旋风

1933年秋天，再度回到上海的赛珍珠，已经完全改换了一副心情。洋人的末日，并没有像她预测的那样如期到来，而她自己却像一轮辉煌的朝日，已在文坛上耀眼升起。她已经捧出一部"构思了好几年并修改了很多次"、倾尽心血写成的长篇巨著《大地》。1928年从上海回南京后，她就一直埋头在《大地》上耕耘。1931年书在美国出版，迅疾刮起了一股源自东方世界的旋风。书出奇地畅销，好评如潮。1932年，凭借这部小说的成功，她又荣获美国普利策奖，将小说的电影改编权卖给米高梅公司后，还得到了5万美元的巨额稿酬——为女儿卡罗尔治病，她可以不愁缺钱了。

从美国载誉返回中国的赛珍珠，是在10月2日抵达上海的。一上岸，就走进《中国评论》周刊为她接风洗尘的晚宴，第一次接受众星拱月般的盛情款待。她不喜欢张扬显摆，只是静静地听着，很少发表意见。倒是陪席的那班文学界同行，高谈阔论，妙语连珠，把中国人爱喧哗热闹的特点演绎得淋漓尽致。

席间她与作家林语堂却谈得很投机。似乎意犹未尽，宴会结束后林语堂又邀约赛珍珠翌日去他家做客。赛珍珠一口答应了。

第二天晚上，她如约来到林语堂家，品尝着林夫人准备的味道极好的晚餐，边吃边谈。林语堂告诉赛珍珠，他正在用英语写一本关于中国的书，让西方人从一团迷雾中能看到真实的中国。

赛珍珠也想写关于中国的书，一本甚至几本书，三十几年的中国阅历使她有说不尽的见闻、感触要倾吐、表达。但经过这番客厅夜谈，她看到林语堂诉说的中国，比之她眼里的有更多历史的追怀，他写出的这本书一定更能动人心弦。

她催促他，快把书写出来。回到家里，她马上就给纽约的约翰·戴出版公司写信，要他们尽量多关照这位中国作家和他将要写的书。后来，林语堂用了十个月时间将书写成，这就是以后驰名西方世界的畅销书《吾国与吾民》。书的序言作者就是赛珍珠，她称颂它是"迄今为止最真实、最深刻、最完备、最重要的一部关于中国的著作"。

10月5日，月圆花香的中秋节，上海文学界举办了专门的招待会欢迎赛珍珠。此前的二月，1925年诺贝尔文学奖得主、戏剧大师萧伯纳对上海进行的"闪电行"，也受到了同样方式的欢迎。不知是冥冥中的巧合，还是他们似早有预感，这一刻，似乎正回响起未来——1938年诺贝尔文学奖得主诞生的前奏……

再好的月色也不免凄凉

·戴文采·

她真瘦,顶重不及 90 磅。生得长手长脚骨架却极细窄。穿着一件白颜色衬衫,亮蓝的宽百褶裙,女学生般把衬衫扎进裙腰里。午后的阳光照在雪洞般的墙上,她正巧站在暗处,只觉得她肤色很白,头发剪短了烫出大卷发花,后来才知道是假发。

她侧身脸朝内,弯着腰整理几只该扔的纸袋子。因为身体太像两片薄叶子贴在一起,整个人成了"飘落"两字。她的腿修长怯伶,远看还像烫了发的瘦高女学生。但实际上,那时的她已是 67 岁的年纪。

她微偏了偏身朝我望过来,我怕惊动她忙走开,悄悄绕另外一条小径,躲在墙后看她,她低着头仿佛大难将至仓皇赶路,因为距离太远,始终没看清她的眉眼。

那是我与张爱玲做邻居的一个月里,唯一一次白天见到她。

1988 年初,《联合报》给了我张爱玲的地址,让我对她进行个专访。我按采访惯例先写了一封十分八股但真实的信给她,希望能采访她。张爱玲当然不见。但换个方式做一场侧写的报道并不困难。公寓管理说她隔壁的房间，10天以后就能腾空，我便接替着住了进去。

公寓所处的这条街两边都不是很平静的住宅区，住着太多黑人、墨西哥人、东南亚难民、印度人……是个"第三世界"。我们的公寓设备还算洁净，房租一个月380美元，押租500，签约得签半年，另扣清洁费50，住不满半年押租不退。

在那之前很多年，张爱玲住了很久的流浪中心，带着一张简单的折叠床和小板凳，就因为一次要拿出这么多现金对她很吃力。1967年，她的第二任丈夫赖雅走了以后，赖雅原来的朋友和亲戚家，她都不适合住，也不被欢迎，不是走投无路不会去住流浪中心。

单身公寓就是套房。里面家具很陈旧也很简陋，但对她来说已经是非常难得的岁月静好，无亲无故也无人照顾的她，活得太吃力太辛苦，为什么她好些年没有和弟弟张子静联络，也不回信，应该根本没有收到信，流浪中心也没法替流浪者收发信件。

因为住所与张爱玲的公寓只有一墙之隔，所以虽然极少照面，但从张爱玲丢弃的垃圾袋及隔壁传来的声音中，也可以发现很多"秘密"——关于张爱玲的日常生活琐事。

好多年前有文章说张爱玲仿佛吃得很"随便"，多半吃零食，且喜欢用大玻璃杯喝红茶，还喜欢吃芝麻饼。可惜张爱玲现在不能再就着茶吃零嘴了。她的牙坏了，吃甜食配茶几十年才坏牙，可以想见原来有副极任劳任怨的好牙齿，可以耽搁这样久。在她的纸袋里，有一袋装了很多棉花球，和裁成一小张一小张的擦手纸。棉花球渗着浅浅的粉色，一眼仍看出来是淡淡的血水。

她常吃Stouffes牌的鸡丁派，夹馅有菇丁、胡萝卜、鸡肉丁、洋葱、青豆、通心粉、火腿片、洋芋丁，勾了浓浓的玉米芡汁。附有铝制圆碟子，直接放在炉上烤，吃完碟子一并放弃。她还吃一种胡桃派，是她现在极少数的甜食之一。她在《谈吃——画饼充饥》里提过，有上海枣泥饼的风采。她完全不吃新鲜蔬菜，鱼肉也没有，其实基本就是罐头和鸡蛋。

她拿罐头配苏格兰松饼，每天喝低脂鲜奶，吃罐头装和铝箔包的蔬菜，这里也看出她对生活的低能。她的医生说她营养不良却胆固醇太高，自然是罐头食物的关系。

张爱玲可以连着一个月24小时不出房门。早上她似乎休息，中午开始打开电视，直到半夜。公寓也供应长住的人有线电视台，有三四十个频道，但可能是她没有钱买吧，她看的是基本频道。她像很喜欢趣味游戏机智问答，常常开着。基本台也看不了几个，她也可能根本不知道有她将嗜之若狂的老电影频道，其实只要给她一个月30多块钱的有线电视，她就有东西写了，那适合她闭门造车的模式。她万里投奔美国想看的一切，却根本没有钱去看。一个极端不食人间烟火的女子择居极端沸腾的蒸锅中。

她在房里穿纯白毛拖鞋，一阵脏了就买一模一样的回来，最多一月就得扔一双，其实只要丢进洗衣机搁点皂粉，三两分钟可以洁白如新，我们的洗衣房在游泳池边，也有烘干机。她扔得很厉害，却又独特偏爱不经脏的纯白。她喜欢紫灰色调的丝袜，也扔得凶。

她在信手可得的比如银行寄来的小纸头上记下她的购物单，而在背后有一小杠胶的鹅黄速记纸上正楷恭书她忘了做的事，很用力地写。奶油以后的几项特圈两次框，意思大约是几番计较之后列入第一顺位，余下的先得等等了，拿不动的！叉烧包又划掉了，真有一种纤洁的无可奈何，因为不会开车，每一个小小的愿望都得等养足了气力。

张爱玲实在自闭得厉害，但也并不觉得她活得像惊弓之鸟，起码看拼字节目的她，似乎很愉快，愉快到出来倒个垃圾，也喜悦地带上假发，她并不为看不见的遥远的张迷们活。张爱玲在某一个层面上是个涉世很浅的孩子，保留了天然浑沌的羞怯。

她偶尔读三份报纸，《洛杉矶时报》《联合报》及《中国时报》。她半月才拿信。三更半夜拿。她用《联合报》航空版信封皮子打草稿，袋里也拾到我自己写给她的信皮子，但信她收存了，我寄的信封上也写满了字，其中两句话是她的心声，她说她一住定下来，即忙着想把耽搁太久的牙看好，近几年在郊外居无定所，麻烦得不得了，现在好不容易希望能安静，如再要被采访，就等于"一个人只剩下两个铜板，还给人要了去"。

她整个的生活，才是我们该有的真正的抱歉吧，一口好井的完全枯竭，因为没有水源供水。不论盖棺论定时的公允评说如何，但在她生前围绕着她的作品立足文坛的人这么多，这里的荒谬和不解，难免会教人想起她自己的句子：再好的月色也不免凄凉。她虚无的名声，就像那凄凉的月色。

（《作家文摘》总第 1730 期）

四姊张充和

·汪 珏·

她没有时间寂寞

1980年夏天，慕尼黑大学的鲍吾刚教授到我工作的巴伐利亚州立图书馆中文藏书部，告诉我：美国耶鲁大学东亚语言文学系傅汉思教授将应聘来慕尼黑进行为期一年的讲学，他的夫人张充和女士偕行。

就这样，我有幸认识了汉思和充和。以后时而一同喝茶吃便饭，或去近郊小游，或跟充和到离大学不远的"太平商店"买所谓"中国食物"。鲍教授曾顾虑：人地生疏恐充和会寂寞住不惯。其实这是过虑了。充和知道我在图书馆工作后，对中文藏书的情形询问得很详细。她说她一定会常来看书。果然，她常常来，静坐在远东图书阅览室一角，阅读那些古籍。

我去拜望他们，汉思多半在书房工作。充和也总是在忙，不是读书写字弄笛，就是修剪窗台上的花草，或缝纫、编织做手工。某次去，她正用蓝色的粗线，把一组清代铜钱，巧妙地穿过方孔，编成一条链子，古朴又新潮。我忍不住赞美，她笑着把链子套在我颈上："给你做的。前天在一家小古董店，看见这些老铜板。他们不识货，随便丢在一个破碗里。还有康熙乾隆间的呢。"暗蓝配古铜，真好看！

充和怎会寂寞，她没有时间寂寞。

那天午后，我特意早点儿去接他们，汉思一开门，就听充和叫我名字，然后说："等一等啊，我把残墨写完就好。"我应着，一看，她站在桌前，手握一管大笔，在一张五尺余长、一尺余宽的纸上，正大开大合以草书写李白的"问余何意栖碧山"。我求道："四姊，送给我吧！"她笑说："你要就给你。研好的墨多了，不用可惜，写张草书大字，把余墨用掉。平时不常写大字，这纸可是最便宜的土纸啊！"我喜欢那随兴的"草"，快意挥洒，透着大气。

我与四姊的缘分

说起来，我怎会称呼她"四姊"呢？就是缘分。汉思、充和谦和洒脱，当年在慕尼黑几次欢聚之后就坚持要我直呼他们的名字。可是不管是中国规矩还是德国习俗，都逾越太过。看我犹豫，充和说，她家四姊妹，她最小，弟弟们唤她四姊。既然我认得当时在比利时皇家交响乐团拉小提琴的她的七弟张宁和先生，就跟着叫她四姊吧。从此她就是我的四姊了。

1988年，我们移居西雅图后，不时给她电话，只要一开口叫她四姊，她就知道是我。多年前她黯然跟我说，弟弟们先后过世，叫她四姊的，只有我和舍弟汪班了。

且回到1980年秋天。图书馆邻近的"英国公园"草木森森、溪水潺潺。秋阳里四姊与我常趁午休时间在公园散步、吃"冷餐"。谈笑中居然发现，我们十几年前，1964年吧，曾在汉堡见过一面。

那时我在汉堡大学读现代德国文学，认识了该校教授中国语文的赵荣琅先生。赵先生儒雅博学，赵太太爽朗好客，他们温暖的家是全校中国同学最爱造访的地方。那一次去，进门正好见到一位瘦高的西方男士和一位端庄娴雅的中国女士，与赵氏伉俪殷殷作别。行色匆匆，主人未及介绍。

因而四姊听我说起在汉堡大学读书，问我可认识一位赵荣琅先生。这才顿悟：惊鸿一瞥，当年那位端雅的中国女士，岂不就是眼前的四姊？彼此都觉得不可思议。原来赵先生与四姊皆是安徽世家，且属戚谊。

很难忘记那些漫步树荫小道或坐在水边喂野鸭子、彼此尤话不谈的时光。四姊想念她的子女，女儿小时候随她同台演出昆曲，儿子喜欢飞行，现在已经成为职业飞行员了——她相信行行出状元，决不强迫孩子非要走学术道路。

四姊此生最爱

四姊有一副极负盛名、屡被提及的隶书对联："十分冷淡存知己，一曲微茫度此生。"她曾在信上写了这两句给我看。读过又读，眼泪不住地流下。

1981年2月，图书馆馆长"冷水"（意译，Kaltwasser）博士请我去他办公室，说台北故宫博物院蒋复璁院长来访，希望我参与接待。午后四姊来看书，我提起这事。她高兴地说："这下我的笛子没有白带!"原来，徐志摩的表弟蒋复璁先生，是她的老朋友、抗战期间苦中作乐的曲友。四姊在慕尼黑度曲消闲，却难遇会吹中国笛子、会唱昆曲的知音。

两位老友异地重逢，都意外地高兴。约好晚上在家小酌叙旧。四姊要我也去参加他们的雅聚，我欣然答应。世事难料，晚上我因突发事故不得赴约。四姊说，那晚，她吹笛子的时间多，唱得少。感叹老院长笛艺荒疏，唱得高兴，可是年纪大了，当年一条好嗓子……

四姊的小友兼曲友李林德博士曾寄给我一份四姊的《如何演〈牡丹亭〉之游园》，就凭着细读四姊这篇文章，2006年我看白先勇率昆曲团来美国演出《牡丹亭》，居然可以心领神会。从此才憬悟为什么书法与缠绵婉转一咏三叹的昆曲是四姊此生最爱。

最后一次看到汉思

四姊、汉思返美后，我们持续通信，间或匆匆一晤。1987年，立凌受聘西雅图华盛顿大学，次年我们移居西部。从此隔一段时间飞一趟东岸，在四姊、汉思幽静的家里盘桓小住。

有时，我和四姊捧着茶，漫谈着什么新的话题。如果汉思和立凌也在，则正襟陪坐，彼此竭尽主客之礼，却绝少加入我们的谈话。所以四姊经常笑着请他们自便，汉思遂邀立凌去他们客厅旁边加建的休闲室，轻声以德语交谈。然后过不了多久，就会传来钢琴的乐声。

汉思幼年在故乡柏林读书学琴，喜欢语文、音乐。这架大钢琴，乃德国名琴贝希斯坦，是20世纪30年代举家移民美国、漂洋过海运来的家藏旧物。汉思的祖父、父亲和他自己都是研究西方古语文的专家、大学教授。温文儒雅，深思好学，是对汉思最妥帖的描写。

2000年秋冬之际，我们临时起意开车去看他们。四姊正在大书桌前研墨，忙着帮朋友们赶写书题之类的墨稿，嘱我们先上楼跟汉思说话。我说怕吵他做事。四姊回道："平时他话说得太少，要跟人谈谈才好，活动活动脑子。"汉思看见我们有点儿意外，随即起身，含笑请我们坐下。他案前放着歌德的《浮士德Ⅱ》原文本。

据说此剧难懂、难演，正想向汉思请教，忽听他缓缓说道："这时期的歌德，觉得中国的哲学，人与自然的关系，人与人的关系有意思。"略一停顿，又说："歌德年轻的时候自己学写中国字，后来还跟从中国回来的传教士学过。最近读到些新材料，想写一篇关于歌德学中文的文章……"饭后四姊悄悄跟我说："好久没看到汉思谈得这么高兴了。"

汉思2003年过世。最后两三年汉思时常卧病，四姊实在没法在家照顾，于是送他住进不算太远的赡养院。她每天开车去看他陪他，先后出了两次车祸，幸而都有惊无险。

那次我们飞去东部，接了四姊一同去看汉思。汉思虽然消瘦孱弱，精神还好，恂恂有礼依旧。他跟我们轻声抬手招呼，眼睛无限温柔地随着四姊来回的身影转动。那是我们最后一次看到汉思。

她去找她所想所爱的人了

以后近十年，我只去拜望过四姊三次。平时就是过一阵打个电话，跟她话话家常。她说，自从小吴去她家关照她，他事事体贴周到。连他的妻子小孩对四姊也犹如亲人。而且他在四姊的坚持下，竟学会了吹笛。"还可以为我拍曲伴奏呢！"她在电话里笑着说。

2009 年的秋天，忽听小吴电话里告诉我，近来四姊有点郁郁寡欢，胃口也不好。我跟倪宓（西雅图亚洲艺术博物馆馆长）放心不下，就捉空飞纽约一探究竟。四姊是瘦了，看见我们站在门口，很意外，随即挂上笑容。晚上我炒了两个菜，吃饭时，逼着四姊，也吃得还好。约了她第二天"游车河"，她立刻应了。我们在路边市场买水果，到小镇吃标准的美国午饭：三明治、色拉和汤。我俩劝着哄着四姊多吃些。四姊喝着汤，神色怡然。我们知道，这一阵老太太一定寂寞了。

回到西雅图家里，赶紧请东岸的朋友多多去拜访。以后，小吴的报告逐渐正面。四姊每天写字也恢复了。

去年，我接连打过几次电话。有些时候了，我发现，四姊跟我说话，其实并不知道我是谁。我的名字她已不记得了。没有去看她，心里难过。远地家人噩讯不断，疲于奔命。安娜（纽约昆曲社社长）后来告诉我，去年 5 月 6 日，昆曲社的几位好友去探望四姊，为她祝寿。她躺在床上，安娜扶她坐起，她轻声跟安娜说："如果我想的人，我都能看见，那样多好啊！"

是的，她去找她所想所爱的人了！

（《作家文摘》总第 1947 期）

听张充和讲故事

·苏 炜·

"合肥四姊妹"里的张充和从民国走来，章士钊赠诗把她比作东汉末年的蔡文姬，闻一多生活拮据却主动刻图章相赠……她的相交师友，一众名家，灿若星辰，她的曲艺小楷，格调极高，秀逸超凡。

我和张充和老人的聊天叙谈，常常没有具体题目。抓着什么谈什么，顺流而下，随行随止，有时候也会话题重复或者横生枝蔓。如今翻开笔记本，就留下了许多随手记下的"非逻辑片断"——不容易归拢到一个什么具体题目上独立成篇，但又非常有意思，让我难以割舍。比方——

张大千

"我认识张大千，是在抗战开始时的成都。那时我二姐在成都，我到张大千的家里去过，他们家也常常举办曲会，请我去唱曲。后来抗战快完了，大约是 1945 年左右，日本人投降了，我又去成都看二姐，也到张大千家里去看他。那次我是和戴爱莲一起去的，我和戴爱莲很谈得来，她跳西方的现代舞，我唱中国昆曲，一中一西，那时候我们常常在一起表演。"戴爱莲是现代中国最早留洋学舞的老一辈舞蹈家，被称作"中国的邓肯"——中国现代舞蹈的灵魂人物，"祖师奶奶"。

"喏，墙上的这两张小画，就是张大千画的我——画的是戏中的我。这张背面的仕女图，记不得他画的是我唱的《闹学》还是《思凡》了；这张线勾的水仙，却是他画我的身段——他说我甩出水袖的身段线条，让他产生了水仙的联想。就这么一转一甩，"老人向我比试着动作，"我问他是否画的就是我这个身段，他笑嘻嘻地说是。戴爱莲跳的是现代舞，他当时也画了戴爱莲。"

说着张大千，老人兴致也高起来了，"其实，他们俩兄弟，我们本该早就认识的。张大千的哥哥叫张善孖，战前就住在苏州网师园，也爱昆曲书画。那时我也在苏州，但我不敢认识他。为什么不敢？因为怕老虎。张善孖以画老虎出名，听说他把一只大老虎养在家里，平日就让老虎在家里走来走去。说是张善孖睡到半夜，被老虎推醒了，原来是老虎饿了。张善孖就从床底下拉出一篮鸡蛋，老虎哗哗地就把一篮鸡蛋吃了——那一篮二十几个鸡蛋只能算它的零食，等老虎吃完了，张善孖翻过身又睡去了……啊呀呀！我听着就吓死了，所以我就不敢去看张善孖，也不敢认识他们兄弟俩。"

"我在成都住在二姐家，离张大千家不远，他就常常邀我一起去看戏——看川剧。那时候张大千喜欢捧川剧的两个戏子，一个唱男小丑，另一个唱花旦，是两口子，我跟着他一起去看戏，是一出叫《点灯》的怕老婆的戏。台上说的是，男人犯错，老婆罚他点灯，变着各种法子要他点灯、吹灯。高潮是要他跪在那里，灯顶在头上，要罚他吹灭，要吹灭了灯才能站起来。可是不知怎么弄的，他一吹就把头上的灯给吹灭了。台下就拼命鼓掌。张大千很得意地指着台上说：'你看见小丑耍的那把扇子了么？那扇子是我给他画的！'张大千豪爽，爱说爱笑，有很多女朋友。在台湾，他在一个女人身上画画，我看着笑死了，不成体统呀……"

叶公超

"叶公超我本来不熟，那时他在清华教书，我是北大学生。我弟弟——小我12个月的弟弟张宗和是清华的，倒是当过他的学生，说他在家里是'坦白会长'，教起英文来也是直来直去的。"

"'坦白会长'是什么意思？"

"大概是夫人管得严，他听话，什么都得坦白着吧？可是到了西南联大，就跟他熟起来了。他喜欢京戏、昆曲，听戏、唱戏都很热衷。可他看戏又不爱一个人去看，看戏总要请客，这样一来，戏票的钱码数字就很大了。朋友们中间，总流传着叶公超这样的对话：'昨晚又干什么去啦？''看戏。''看什么戏？''没钱看富连成，就看看小翠花吧。'所以大家就把这'没钱看富连成，就看看小翠花吧'当笑话来说。那年月在北平，要看像富连成那样正牌的戏班子，杨小楼、梅兰芳什么的，都挺贵的；小翠花出道不久，戏也好，票价可就便宜多了。我和他算是曲友，平时常有来往，也爱互相开玩笑。只是后来他做大使去了，就中断了联系，抗战后回到北平，也就再没见过他。"

金岳霖

"金岳霖是最好玩的一个人了。他一辈子都爱着林徽因，没有结婚。人家养宠物，都是养狗啊猫啊的，他却养一只大公鸡。平日最疼爱的就是他的大公鸡，经常给它喂维他命、鱼肝油什么的。那时候在昆明，我们沈家、刘家、杨家几家人住在一起，有院子，有厨房；他住西南联大的单身宿舍，没有地方养鸡，就把大公鸡放在我们这里，经常跑过来照料。防空警报来了，大家都往城外跑，金岳霖却往城里跑——他惦记着他的大公鸡哪！因此，'金岳霖抱着大公鸡跑防空洞'就成为当时大家挂在嘴上的好玩话题。他也不在乎我们笑他。每回他登门，我们几个女孩子就故意说：'金岳霖可不是来看我们的，是来看他的大公鸡的！'他就冲着我们憨笑：'嘿嘿，都看，都看！'呵呵呵……陈寅恪更有意思，他当时把跑警报叫作：'见机而作，入土为安！'……"

溥侗

"我跟溥侗很熟，溥侗就是'红豆馆主'，他是宣统皇帝的弟弟。抗战前一年，我在南京代储安平的职——储安平当时到英国留学去了，我代他编《中央日报》的'贡献'副刊，我在那里跟溥侗认识的。他当时是南京一个什么挂名的官，好像不是个实职。他喜欢唱昆曲，我们每周都聚在一起拍曲，他是中间年纪最大的，那时都六十多了。我们当时的曲友在一起，做什么事的、当什么官的我全不知道，反正都是唱昆曲的就是了。我还跟溥侗在南京的'公余联欢社'一起唱过戏，他很会演戏，他还来过我苏州的家。对了，那一年在苏州，因为家里历来有些收藏，常有书画店的伙计送画到我家来，请我们看看要不要买。有一回，书画店的伙计送来一卷画轴。画卷还没打开，我一看上面收藏人的图章，写着'同仁于野'，

225

我就说：'这画我要了。'伙计很吃惊，怎么卷轴都没打开，你就要了，你不怕买了假画吗？嗨，他怎么知道，我一看'同仁于野'，就知道是溥侗收藏的东西，我父亲也收藏过他送的字画。'同仁'就是'侗'，'于野'就是不做皇帝的意思。溥侗收藏的，总归不会是差的东西。打开一看，果不其然！那是明末清初一个和尚画的花卉，名字好像叫'光鹫'，但究竟是什么人，我一直没查出来。这画我一直收藏着——唉，我们家里的那些书画收藏，几乎都丢光了。抗战逃难丢了一次，1949年后又丢了一次，我能带到美国来的，更是没有多少了……"

（《作家文摘》总第 1654 期）

十七格格金默玉的传奇人生

·马戎戎·

少年

金默玉出生的时候，父亲肃亲王善耆已经在东北流亡6年了，他给这个最小的格格起名叫显琦——一块宝玉。

金默玉没有赶上肃王府的鼎盛年代。那时候北京有一句话："恭王府的房子，豫王府的墙，肃王府的银子用斗量。"那应该是八国联军进北京之前的事情了。那一年，出逃的善耆奉命回京与各国军队谈判，回到东交民巷那所200年前传下来的肃王府时，他被通知：这里已经是日本使馆了。就这样，肃王府从东交民巷搬到了东四十四条。

父亲去世的时候，金默玉刚4岁。不论历史上对这位末代肃亲王有什么评价，金默玉始终认为，父亲是开明的。北京的东安市场、第一所女校、第一家电车公司、第一所公共厕所、第一所警察学校均出自善耆的建议。1911年，各省代表联名请愿，督促朝廷早日立宪，摄政王载沣震怒不见，满朝官员中，只有肃亲王迎见代表，表示赞同立宪。1910年，汪精卫刺杀载沣未遂，将被斩首；肃亲王从中斡旋，将斩首改为监禁。但善耆也有他自己的固执：清王朝灭亡后，善耆率家族200余人逃命旅顺，一心以复辟清朝为念。

整个童年，金默玉都在旅顺的宅邸里度过。

和她大多数哥哥姐姐一样，13岁到19岁，金默玉是在日本的贵族学校里度过的。19岁，她对未来有了自己的打算，她希望自己能成为一名四处采访的女记者，或者歌唱演员。

王府里的长辈们被她的想法吓坏了：一个王府格格，怎么能出去抛头露面做职业妇女呢？

1937年，全面抗战爆发，她被迫中断了在日本的学业回到北京。这是她第一次在北京长住。

直到88岁，金默玉还要抱怨这种生活"让人窒息"："哪受得了啊，一天到晚什么事都没有，憋坏了，王府井一天能去好几趟。"她终于瞒着家人找到了职业：一家日本人开的钟纺公司请她去当顾问，薪水很高，又不用坐班。在那时候的照片上，她像一个真正的职业妇女一样，烫着时髦的卷发，眉毛描得细细的，穿着碎花旗袍。微微有些胖，一副心满意足的大小姐样子。还有一张照片，是19岁生日那天拍的，穿着旗袍，却剪了一个短短的男式头发。她说，把头发剪成这样完全是为了玩起来方便。那时她喜欢骑马和打网球，都是当时最时髦的运动。

那张照片曾经被照相馆放大了放在橱窗里，她的一个哥哥无意中看到了，震怒：格格的照片怎么可以随便挂在外面让人看！照相馆的人吓坏了，才知道这位姑娘原来是肃王家的格格，赶忙用镶金的相框镶了，恭恭敬敬抬了送到肃王府里来。

结婚

1974 年冬天，在天津茶淀农场，度过了 15 年监狱生涯的金默玉在用一把比她还高的大铁锹费力地挖着苹果树下的冻土，手掌流血了，但她不作声。在监狱里，她的痔疮磨破了，血浸透了棉裤，她也不说，只是等活儿干完，悄悄地找地方换了。她知道，她和别人不一样，别人是人民内部矛盾，她是大资产阶级的小姐，汉奸川岛芳子的妹妹。

一位讲北方话的上海人给手掌流血的金默玉带来了一把自制的小铁锹和一本日语版的《人民中国》，也给她带来了第二次婚姻。金默玉答应了他的求婚，因为她希望能在农场里分到一间属于自己的房子。

1958 年 2 月 1 日，金默玉入狱。她的房东，一位前清举人的女儿检举了她，她的入狱让她的丈夫、画家马万里濒临崩溃。他们是在 1954 年，由于一位画社老板的牵线相识并结婚的。这是金默玉的第一次婚姻，大喜那天，旗袍是借来的，请帖是马万里亲自用毛笔写的。金默玉说，那一天，看着大红的喜帖，她忽然有了感慨："我怎么这么就把自己嫁出去了？"如果没有革命，她或许已经像她的姐姐们一样，嫁给了某位蒙古王爷。她们是满蒙联姻的重要工具。但是金默玉不想像姐姐们一样。在北京的时候，她拒绝了家里人的提亲，她冲着他们喊："我的事，你们谁都不要管。"

那时候，她觉得："男人们都太不成器。"善耆把他的儿子们都送到了国外，他们读的是国外最好的军事院校。在金默玉看来，他们中的大部分人在军事院校里只学到了一身大爷脾气，有几位哥哥还抽上了大烟。东四十四条的房产、旅顺的房产、大连的房产一点一点都变卖了。他们把卖房子的事情托给川岛芳子的养父川岛浪速，这个日本人却私吞了一半财产，到1949年哥哥们去了香港，留给金默玉的全部财产就只有100块钱。

这场婚姻，一半是仗义，一半是无奈。为了养活包括大哥的四个孩子、二哥的两个孩子、老保姆和她的女儿在内的一家9口，昔日的十七格格开过洗衣坊，给海军士兵织过毛衣，赊账成了每天的必修课。这样的情形，一直持续到她办起了四川饭馆，饭馆就开在院子里，北京当时有十几万四川人，这家四川饭馆一下子火了起来。但没想到，合办饭馆的那个南京老头，盯上了单身的她，一天到晚缠着她。只有结婚，才能让她摆脱这个老头的纠缠。

金默玉是马万里的精神支柱，遇到她的时候，马万里流落北京，觉得国画没有前途，一意自杀。金默玉让他有了作画的地方，也有了一个家。

1966年，为了不连累马万里，金默玉申请离婚，她要面对的，是一个人度过15年的刑期。

她曾是那样的欢欣鼓舞地迎接过新中国的来临。她诚心诚意地要当一个街道积极分子，跟着大家拿着玻璃瓶瓶和竹夹子，到各家厕所去，翻开砖头，挖出砖头下的蛹。1954年，她的饭馆被公私合营，她成为中央编译社的一名职员，每月拿60元工资，她回到家里，开心地哼起了《我的太阳》。

晚年

1976年，跟丈夫回上海探亲的时候，金默玉病倒了。X光片上显示，她的脊椎有 9 节都坏了，病历上写了"脊椎骨质增生、骨髓炎、腰肌劳损"等一系列病症。农场给她办了病退，每月工资随之只剩下了 19 元 2 角，连吸烟的钱都不够。何况，还要给丈夫在上海的母亲寄钱。

90 年代在美国探亲，一位侄孙女苦苦请求这位姑奶奶住到自己家里去，她就是不去。"我不愿意麻烦他们。"但是在 1979 年，她写了生平第一封求人的信，收信人是邓小平。

在信里，金默玉不是要求平反，而是要求一份工作，她还记得信里的内容："我如今已经干不了体力劳动了，但是还干得了脑力劳动，请给我工作。"信回得很快，告别北京生活 40 年后，金默玉终于可以成为北京街头市民中那最普通的一分子。她唯一的遗憾，是没有孩子，在一个女人最好的年华，她在监狱里做猫头、做鞋、做玩具剑，干得比其他任何一个人都虔诚。

在监狱的时候，她一直想办一所学校。金默玉的学校，如今就在廊坊。为了这所学校，她在日本和北京之间奔波了 7 年，动用了同学、朋友、亲戚等一切关系，四处游说，终于筹足了办这所学校的经费。正是在这所学校的基础上，建起了廊坊东方大学城。在晚年，她终于在廊坊有了一套完全用自己挣来的钱买下的房子。邻居们都知道这是个了不得的老太太，但是金默玉却经常自责："我这一生，到底干了点什么呢？"

她已经很少回北京，和同族之间也都不太来往。不久前，她刚见了润麒，他是婉容的弟弟。润麒已经是 90 岁的老人，他告诉金默玉，又有一个在美国的侄孙女想和她联系。他说："你给她写封信吧。"金默玉觉得非常好笑，"她是我孙女，要写也是她先给我写啊。"在她看来，润麒的变化真大。她说，润麒年轻的时候，书房桌子上常放把手枪，不高兴了就冲着屋顶开枪，屋顶上被打出好几个洞。"我们都老了……"她叹了口气。

严昭：周恩来叹她"红颜薄命"

·叶永烈·

严昭，周恩来的英文秘书。周恩来总是喊她"老二"，因为她是革命先烈严朴的次女。严朴与周恩来、陈云是老战友。严昭长期在周恩来身边工作，视周恩来如同父执，而周恩来也待她如同女儿，所以沿用严朴家中的叫法，喊她"老二"。

我结识严昭是在 1979 年 11 月。我正在北京出席第四次中国文学艺术工作者代表大会，忽然有一位老大姐（严昭）前来找我，说是全国政协工作人员，约我为刚刚去世的傅鹰教授写报告文学。傅鹰是第五届全国政协常委、中国科学院学部委员（即院士）、北京大学副校长，于 1979 年 9 月 7 日病逝。严昭事先了解我 1963 年毕业于北京大学化学系，傅鹰教授是我的老师，所以约我写傅鹰报告文学。

严昭的热情、真诚，给我留下难忘的印象。后来严昭调往科学普及出版社，她约我写彭加木，写高士其，我们有了很多工作上的书信来往。

科学普及出版社总编辑郑公盾是资深老干部，曾任《红旗》杂志文艺组组长。我跟他很熟，联系颇多。有一次，他跟我谈及严昭曾经是周恩来总理的外事秘书，是严慰冰的妹妹。正在致力于写作"文革"纪实长篇的我，便打算采访严昭，并通过严昭采访严慰冰。严慰冰是中共中央宣传部部长、国务院副总理陆定一夫人。"严慰冰案件"是"文革"著名事件。

那时候，严昭已经离休。1986年7月10日，严昭给我写了一信。信中说：

> 多年未见您了，我衷心感激您不忘故旧。我遭到了最大的不幸，家姐严慰冰不幸于今年3月15日凌晨去世了！我五内摧裂！她是被林彪、"四人帮"害死的！她一生坎坷……

很遗憾，我晚了一步，无法采访严慰冰本人。好在跟严昭联系上了。在严慰冰的几个妹妹中，严昭是最了解严慰冰的。

就这样，我与严昭重新取得联系。1988年10月30日、31日，我在北京陆定一家中与严昭长谈。她还交给我一批资料，其中特别是她记述严慰冰病重至去世的日记手稿《慰冰病中仲昭手记》，极其珍贵。

经严昭审定之后，我把写好的《"基督山"案件始末》送交中国作家协会的大型文学双月刊《中国作家》。他们非常高兴能够拿到这么一篇有分量的作品，随即发稿，刊载于1989年第5期。在采访中，我也逐渐了解严昭本人鲜为人知的身世。

严昭是随父亲严朴来到延安的，在延安外国语学校英语系毕业。起初，她在延安担任过蔡畅、吴玉章的秘书。抗日战争胜利之后，1946年严昭在晋西北军区，在贺龙手下工作。当时美国人在那里派驻了"观察分组",24岁的严昭担任翻译。

1947年中秋节严昭与张非垢结婚。1934年秋,张非垢考入燕京大学新闻系,并加入进步学生组织中华民族解放先锋队(简称"民先"),参加了"一二·九"学生爱国运动。1937年张非垢加入中国共产党。1938年8月,张非垢来到延安,从事新闻工作。严昭说,张非垢英语流利,文才也好,擅长于诗。张非垢在燕京大学学习时跟黄华是同学。严昭与张非垢都爱好古典诗词。记得结婚时,25岁的严昭曾经吟诵五代词人韦庄的《思帝乡》,张非垢答曰:谁最风流?张家少年最风流!从此,严昭与张非垢有了美满的家。那是她一生中最愉快的岁月。

后来,严昭被调往"三支队"——中央直属部队的临时代号。"三支队"司令为任弼时,政委为陆定一,毛泽东和周恩来就在"三支队"里。为了保密,毛泽东改名李得胜,周恩来改名胡必成,任弼时改名史林(司令的谐音),陆定一改名郑位(政委的谐音)——当时胡宗南千方百计要寻找中共主力部队决战,要捉拿中共领袖,形势十分险恶。这时候严昭在毛泽东身边工作。那时,大军压境,交通阻断,毛泽东看不到任何报纸,非常闭塞。江青对严昭说:"主席找你,想知道外边的消息。"于是,严昭守着一架老掉牙的真空管收音机,接收美国电台短波英语广播,记录下来,经常向毛泽东汇报。胡宗南部队攻占延安后如何狂欢,如何把边区手织毛衣当作"胜利品"运往国统区"展览",以及种种国际消息,都是通过严昭的翻译送到毛泽东耳中的。

闲暇时,毛泽东得知严昭懂中国古诗,格外欣喜,跟她谈论起来。毛泽东问起对他的诗词的见解,严昭说:"主席您的诗词如天马行空!"毛泽东听到"天马行空"这四字评语,高兴极了,大笑道:

"老二，你女孩子家懂诗，难得，难得！"然后，毛泽东对江青说："留饭！"于是，便留住她在那里吃饭，边吃边谈。毛泽东的菜很简单，三素一荤，炒土豆丝、炒白菜而已，那荤菜则是贺龙派人送来的一大块咸肉。每一顿的荤菜总是咸肉。此外，每餐不可少的则是一盘火红的炒辣椒。

解放后，严昭长期在周恩来身边工作。1950年，张非垢任中共中央西南局宣传部秘书长、副部长。1954年调任国家体委秘书长、副主任。不幸的是，1958年8月张非垢因晚期肝硬化去世，年仅41岁，与严昭共同生活也只短暂的11个春秋，无子女。

周总理听闻噩耗，送花圈悼念张非垢，并对严昭叹道："老二，你真是红颜薄命哪！"从此严昭多年单身，住在中南海姐姐严慰冰家，亦即陆定一家。

严昭告诉我，1966年4月28日上午，她向周恩来交了参加节日活动的外宾名单和活动计划之后，回到办公室，正想喘一口气，有人通知她："主任有要事找你！"

"你要经得起考验！"一见面张主任没头没脑地说了这么一句，使严昭顿时感到茫然，不知出了什么大事。过了一会儿，张主任才把事情的真相告诉她："你姐姐严慰冰辱骂了林彪，是个现行反革命！"事情急剧变化：当天下午，她被秘密逮捕。在看守所关押了八个多月，严昭被押往秦城。在那马蹄形的女牢里，她关在52号囚室，处于马蹄形的女牢中部，与严慰冰的99号相隔47个囚室，彼此不知。

1971年9月13日，林彪、叶群"折戟沉沙"，严慰冰案开始松动。

1975年4月28日，蒙受了九年囹圄之苦的严昭走出牢门。出狱之际，严昭拿起笔，极为流利地在释放证上签上名字，还能自如地跟人说话，使审讯官惊得目瞪口呆——原来，她在狱中，天天晚间用手指在肚皮上练字，而且还经常自问自答，所以写字、讲话的"功能"都完好如初！

1991年7月8日，严昭给我来信，说及她晚年的归宿：

这是命运的安排。自从慰冰姐姐谢世后，我终日以泪洗面过了四年，本拟去广州与我三妹严梅青度过桑榆晚年的。灰烬之余，世情灰冷，经机关里热心人苦劝，我找到了另一种归宿。有一老将军（大军区正职，82岁，已离休）丧偶，他夫人是我入党时介绍人，临终前有遗言交代子女"为父续弦，非严昭莫属"。为此之故，我犹豫了一年，最近才草草成礼，故迁至××路，亲友们均未通告。致使您来京枉屈玉趾，真是罪莫大矣，又失去交谈良机，失之交臂，甚是可惜！幸勿罪责！

1995年4月4日严昭给我来信，则说及：

我两迁蜗居，离城越远，好在我已跳出三界，不列五行，一切都已看空！老子说得好："大丈夫得其时则驾，不得其时则蓬累而行。"

很可惜，在她"两迁蜗居"之后，我未能与她相见。后来，从友人处得知，2008年5月她在孤独中离开人世，享年86岁。

（《作家文摘·合订本》总第247期）

民国才女庐隐

·唐山·

"爱情如幻灯，远望时光华灿烂，使人沉醉，使人迷恋。一旦着迷，便觉味同嚼蜡。"在五四后第一批女作家中，能写出这样冷峭的句子的，唯有庐隐……

自诩孟尝君

庐隐本名黄淑仪，学名黄英，生于1898年，与冰心、林徽因并称"福州三大才女"。6岁时，父亲因病去世，全家投奔在北京的舅父家。13岁时，庐隐考入北京女子师范学校，1916年毕业后，被北京女子中学聘为体操、家事园艺教员。

1919年秋，北京女子师范学校升格为大学，庐隐与好友苏雪林均返校深造，因错过录取考试，只能先做旁听生，后经考试转为正式生。苏雪林发现，大学时代的庐隐仿佛换了一个人，"走路时跳跳蹦蹦，永远带着孩子的高兴。谈笑时气高声朗，隔了几间房子，还可以听见"。虽不用功，成绩却常列优等，开始热心社会活动，"若有开会的事，她十次有九次被公推为主席或代表"。

庐隐自称"亚洲侠少"，还与同学王世瑛（后成为张君劢的夫人）、陈定秀、程俊英（后成为著名学者）组成"四公子"，终日形影不离，并自制一套"制服"，上着浅灰布罩衫，下为黑绸裙，裙的中间横镶一道二寸宽的彩色缎花边。

庐隐自诩为"四公子"中的孟尝君，而庐隐为自己设计的"三窟"是：教师、作家、主妇。庐隐在后来的代表作《海滨故人》中，将"四公子"都写了进去。

为初恋开始写小说

上中学时，庐隐爱上了表亲林鸿俊，为此写了短篇小说《隐娘小传》，约七八千字，可惜这篇小说后来被庐隐销毁。

林鸿俊家境萧条，已近20岁，无钱上学，只能闲逛，被称为"野孩子"。庐隐母亲对二人交往极为反感，庐隐便写信给母亲，说："我情愿嫁给他，将来命运如何，我都愿承受。"母亲无可奈何，流泪提出条件，要林鸿俊大学毕业后再结婚，林鸿俊当年果然考入北京工业专科学校。

林鸿俊开学前，庐隐母亲为二人办了订婚仪式，仪式上一位亲戚捐出2000元，供林完成学业。

"四公子"之一程俊英曾看过这篇小说，其中写道，凌君（林鸿俊化名）说："我不但爱你，更感激的是你对我的提携，如果我不上大学，那现在还是一个无家可归的流浪者。"而隐娘（庐隐化名）则说："这是庸人之见，我真不在乎什么大学不大学，只要谈得来，我就感到幸福了，上帝！"

五四运动后，各大学纷纷成立"同乡会"，庐隐参与福州同乡会《闽潮》杂志的编辑工作，负责人是北大哲学系学生郭弼藩（字梦良），郭当时常在《京报》《晨报副刊》等媒体上发稿，其才华令庐隐倾倒。

　　而林鸿俊此时已大学毕业，在山东糖厂任工程师，来信说工资约150元，相当优厚，山东物价便宜，适合居家，而庐隐却说："林来信总讲他目前的地位、收入、享受，太庸俗了，我已经回信，请他另找高明。"

浪漫爱情却是悲剧结局

　　随着庐隐与郭弼藩感情升温，引起舆论大哗，因郭家中有包办的妻子，为不忤逆父意，郭又不愿离婚。庐隐一度想退缩，与郭"精神恋爱"，1922年，庐隐大学毕业，去安徽一所中学教书，第二年夏天，庐隐下定决心，与郭在上海结婚。但婚后生活并不和谐。

　　令庐隐痛苦的是，她的母亲一怒回了福州老家，不久病危，庐隐连最后一面也未赶上，此时她才知道，当年亲戚捐给林鸿俊的2000元，其实出自母亲的积蓄，庐隐退婚，母亲备受亲戚奚落，只好离开居住多年的北京。这一年，庐隐的代表作《海滨故人》正式发表，轰动文坛。

　　在给程俊英的信中，庐隐说："过去我们所理想的那种至高无上的爱，只应天上有，不在人间。"不久，庐隐生下一女，本来就已十分困窘的生活变得更加艰难。

　　1925年10月，郭弼藩患伤寒，医生嘱咐只能吃流食，但郭想吃蛋糕，庐隐觉得蛋糕软，易消化，没想到引发肠部发炎，不久逝去，年仅27岁。

郭弼藩去世后，庐隐一度寄身于郭家篱下，但遭郭家冷嘲热讽，只好回到北京，边教书边写作，与石评梅往来密切，每周日二人必去陶然亭，在高君宇等人墓前徘徊，叫两斤绍兴酒、两盘盐水煮花生，饮毕号啕大哭。

1928年，石评梅病逝。

1929年，清华大学三年级学生李唯建开始追求庐隐，他比庐隐小八岁，1931年2月，两人结婚，婚后庐隐又生一女。

不少人称，这段婚姻是庐隐此生最幸福的一段时光，但程俊英拜访二人时，谈及婚姻状况，庐隐眼睛红了，说："还是一句老话，我们所理想的爱情，只应天上有，不在人间。"

程俊英对李唯建评价不高，二人初次见面，李便一脸轻薄，让庐隐极为尴尬。

1934年，庐隐死于难产。为了省钱，没去医院，而是花四元钱请人到家接生，酿成事故。临死前庐隐对李唯建说，不必再告医生了，何苦再去造成另一个家庭的不幸呢？一代才女，只活了36岁零9天。

（《作家文摘·合订本》总第 251 期

海上名媛严幼韵的世纪人生

·沈轶伦·

旧上海的富家大小姐，战乱时期的外交官夫人，"民国外交第一人"顾维钧的晚年伴侣，百岁老人严幼韵的一生，见证了一个世纪的沉浮与沧桑——

复旦大学的"爱的花"

105岁出版自传之际，严幼韵写下这样一段话："当人们问我'今天您好吗？'的时候，我总是回答'每天都是好日子'。"如果仅仅看她的青少年时代，她的确每天都过着好日子。富贵人家出生的严幼韵，住在位于静安寺地区今中福会少年宫对面的宏伟住宅中。花园院墙绵延静安寺一带的半个街区和地丰路的整个街区，家里有能容纳六辆汽车的车库和马厩。

少女的日子，是没有一丝忧愁滋味的。父母永远把最好的东西留给她，裁缝每天都会到家里来，她每天都有新衣服。除了门房、司机和清洁工之外，家里的每个孩子都有自己的奶妈，成年人都有自己的女仆，每个小家庭都有自己的厨师。

1927年，因为感觉就读的沪江大学校规严厉，严幼韵转入复旦大学商科，成为复旦第一届女生。宠爱女儿的父亲给严幼韵单独配一辆别克和司机，这在当时实属罕见。这辆车的车牌号是84，久而久之，就被复旦的男生们用英语EightyFour的谐音念成了"爱的花"。男孩子们经常等在校门口，就为了看"爱的花"一眼。"爱的花"这个绰号后来不仅传出复旦校园，还出现在上海的报章杂志上，严幼韵成了当时最时尚人物的代表。

残酷战争中挺身而出

1929年，严幼韵嫁给年轻的外交官杨光泩后赴欧。1938年，随着杨光泩出任中国驻菲律宾马尼拉总领事，严幼韵被直接卷入残酷的太平洋战争。在日军占领马尼拉后，杨光泩和七名中国外交官惨遭杀害。在未知丈夫生死消息的那段日子里，严幼韵毅然挺身而出，成为其他遇难官员遗孀和孩子们的大家长。

几十口人一起居住在一幢有三间卧室的房子里。这个过去一直过着养尊处优生活的大小姐，撩起袖子，开始带领一众太太孩子们，在屋前动手种菜、养鸡养猪。还带领仆人做肥皂、芒果酱。她从未有过相关经验，完全是凭着责任心咬牙挺过。

年逾百岁的严幼韵后来在自传中回顾这段日子，自豪地说："现在回头想想，我们当时的确非常勇敢。我们不知道自己的丈夫生死如何，又很担忧我们的孩子，我们自己的命运也完全茫然不可知。但我们做到了直面生活，勇往直前。"尽管每天一听见士兵的脚步声，她就会吓到浑身血液凝固，但只要出现在孩子面前，她依然极力保持镇定，从未有人听到她抱怨，甚至在轰炸间隙，她还要在钢琴上弹奏一曲。

1945年，战争结束。严幼韵只身一人带着三个孩子赴美。因为积蓄所剩无几，40岁的她必须出门工作。经过朋友的举荐，她进入联合国担任联合国首批礼宾官。开朗的性格和无畏的品质，让她成为同事们的开心果和润滑剂。

54岁成就传奇爱情

爱情，对爱笑的女人来说是不会缺席的。1959年9月，严幼韵与著名外交家顾维钧在墨西哥城登记结婚。这一年，严幼韵54岁，顾维钧71岁。

婚后，每天夜里十一二点，夫妇两人回各自卧室。严幼韵会在顾维钧房间里放一杯阿华田和一些饼干，还附上一张"不要忘记喝牛奶"的纸条在床边。顾维钧凌晨三四点起来时会边吃边看书。在这样悉心的照料下，顾维钧完成了他600万字的口述回忆录，为中国近代史留下了一笔特别珍贵的历史资料。

顾维钧生前多次称严幼韵是他人生真爱，并在谈养生心得时说，只有三点："散步，少吃零食，太太照顾。"1985年11月14日，顾维钧边洗澡边和严幼韵聊天，讨论第二天请哪些客人来打麻将。严幼韵问了一个问题，没有听见回答，她走进浴室发现顾维钧蜷缩在浴垫上宛如熟睡。他享年97岁，两人一起生活了26年。1990年，严幼韵向顾维钧的家乡——上海嘉定博物馆捐献了顾维钧的155件珍贵遗物，还为建立顾维钧生平陈列室捐了10万美元。

严幼韵与杨光泩的三个女儿都很出色。长女杨蕾孟是资深编辑，经手出版了《爱情故事》《基辛格回忆录》等250多本书，担任过美国著名的双日出版社总编。次女杨雪兰是有成就的企业家，最具影响力的亚裔女性之一。1989年成为美国通用汽车公司历史上唯一的华裔副总裁，她在别克轿车落户上海项目上起了关键作用。

2003年，严幼韵被查出大肠癌，后经过手术恢复。几个月后，严幼韵就和主刀医生在自己98岁的寿宴上一起跳舞。100岁的时候，严幼韵还能看书读报、打麻将、烤蛋糕，甚至还能有眼力织补毛衫、亲手制作龙虾沙拉。只要身体允许，她常外出开会、旅游、去超市购物。她喜欢结交新朋友，电话簿上常用的号码就有六七十个。几十年来一直没变的是她始终穿高跟鞋、用香水、涂指甲油。

严幼韵说，她长寿的秘诀是："不锻炼、不吃补药、最爱吃肥肉、不纠结往事、永远朝前看。"女儿杨雪兰则说，母亲的人生秘诀是，"一个杯子不是半空的，而是半满的"。

（《作家文摘·合订本》总第262期）

图书在版编目（CIP）数据

绝代芳华 / 《作家文摘》编 . -- 北京：作家出版社，2018.8
（2024.1重印）

（《作家文摘》25周年珍藏本）

ISBN 978-7-5212-0076-8

Ⅰ．①绝… Ⅱ.24 ①作… Ⅲ. ①散文集 – 中国 – 当代Ⅳ. ①I267

中国版本图书馆CIP数据核字（2018）第128778号

因时间仓促、发表时间久远等原因，本书仍有部分作品的作者未能取得联系。
请作者及时与编者联系，支取为您预留的稿酬。
《作家文摘》 电话：010-65005411

绝代芳华 / 《作家文摘》25周年珍藏本

编　　者：《作家文摘》
封面人物：宋庆龄　宋霭龄　宋美龄
责任编辑：杨兵兵
装帧设计：于文妍
出版发行：作家出版社有限公司
社　　址：北京农展馆南里10号　　　　邮　　编：100125
电话传真：86-10-65067186（发行中心及邮购部）
　　　　　86-10-65004079（总编室）
E-mail:zuojia@zuojia.net.cn
http://www.zuojiachubanshe.com
印　　刷：三河市北燕印装有限公司
成品尺寸：170×240
字　　数：186千
印　　张：16
版　　次：2018年8月第1版
印　　次：2024年1月第3次印刷
ISBN 978-7-5212-0076-8
定　　价：38.00元
